스마트폰 속 손가락 수다

스마트폰 속 손가락 수다

초판 1쇄 인쇄일 2014년 11월 18일
초판 1쇄 발행일 2014년 11월 21일

지은이 오서진
펴낸이 양옥매
표지 디자인 이윤경
내지 디자인 신지현

펴낸곳 도서출판 책과나무
출판등록 제2012-000376
주소 서울특별시 마포구 월드컵북로 44길 37 천지빌딩 3층
대표전화 02.372.1537   **팩스** 02.372.1538
이메일 booknamu2007@naver.com
홈페이지 www.booknamu.com
ISBN 979-11-85609-98-0 (03800)

이 도서의 국립중앙도서관 출판시도서목록(CIP)은 서지정보유통지원 시스템
홈페이지(http://seoji.nl.go.kr)와 국가자료공동목록시스템
(http://www.nl.go.kr/kolisnet)에서 이용하실 수 있습니다.
(CIP제어번호 : CIP2014033054)

스마트폰 속
손가락 수다

저자 오서진은 1962년 충북 음성에서 출생하여 매괴초등학교를 거쳐 감곡초등학교를 졸업했다. 매괴여중을 마치고 장호원여고에 진학했으나 가정형편상 도중에 학업을 중단했다. 이후 2002년 고교졸업자격 검정고시에 합격한 후 대학에 진학했다. 세종사이버대학교 사회복지학부에서 노인복지학으로 학사학위를 취득하고, 세종대학교 정책과학대학원에서 사회복지학으로 석사학위를 취득했다. 학부 재학 중에는 사회복지학부 부회장으로 활동하며 총학생회 임원을 역임했다. 졸업 후에는 세종사이버대학교 초대 총동문회장을 지냈다.

　오서진은 대학원 재학시절부터 노인인권 무료교육을 통해 '세대 간 소통'을 강조했다. 대학원을 졸업한 후에는 '(사)대한민국가족지킴이'라는 시민사회단체를 조직하여 현재는 이 단체의 이사장으로서 일반인을 대상으로 한 가족복지 교육을 실시하고 있다.

　한편 중학교 시절인 1974년에는 교내 시낭송대회에서 '4계절'을 발표한 바 있고, 그 무렵 꿈 많던 문학소녀로서 틈틈이 쓴 습작을 모아 수필

집을 만들기도 했다.

또한 남달리 감성이 풍부했던 저자는 자기자신 때문에 실타래처럼 얽혀버린 가족문제를 풀기 위해 끊임없이 노력했다. 이러한 과정에서 가족의 아픔과 상흔을 치유하려면 가족구성원 간에 상호 노력과 이해가 뒷받침돼야 한다는 사실을 깨달았고 그렇지 않으면 엄청난 고통이 수반된다는 것도 몸소 확인하게 되었다.

아들을 간절히 원하는 집안에서 씨받이의 딸로 태어난 저자 오서진은 이 땅에 태어난 것만으로 가족으로부터 미움의 대상이 됐다. 그렇게 오랫동안 누군가에게 미움을 받는 일에 익숙해진 그녀는 비록 모진 핍박 속에서 자랐지만 그러는 사이 미워하는 자를 용서하는 법도 함께 터득할 수 있었다.

저자가 어린 시절에 스스로를 위로하고 또 위로받던 단어는 '용서'였다.
그녀는 몇 번이고 '태생에 대한 용서를 빌고 살아 있음에 대해 감사하며, 자신을 미워하는 이들을 용서하자'라고 다짐했고 절망 속을 헤맬 정도로 시리고 힘든 시절을 보냈지만 소처럼 질기게 되새김질하면서 모든 아픔을 꿋꿋하게 견뎌냈다.
하지만 때로는 미움이란 감정 때문에 용서가 힘들 때도 있다.
그럼에도 불구하고 저자는 항상 웃는다.
그렇게 할 수 있는 비결은 바로 어떤 경우에도 툭툭 털어버리는 강한 긍정의 힘에 있다.
이 책을 통해서 저자가 독자에게 원하는 것은 '용서를 빌고, 용서를 받

고, 용서를 하자'이다. 환언하면 '툭툭 털어버리자!'

 '스마트폰 속 손가락 수다'는 저자가 출퇴근시간에 대중교통을 이용하며 쓴 것으로, 날마다 스마트폰으로 한 문항씩 쓴 글들이 쌓이고 쌓여 다양한 이야기로 만들어지게 되었고 이렇게 작은 책으로 출간하게 되었다.

 아무쪼록 이 책을 읽는 분들이 시시각각 다가오는 삶의 고통 속에서도 긍정적인 마음을 잃지 않길 바라며, 누군가를 용서하고 용서를 비는 일에 두려워하지 않고 모든 소모적인 감정을 한번에 툭툭 털어버릴 수 있는 가볍고 경쾌한 마음으로 살아가길 바란다.

2014년 11월
(사)대한민국가족지킴이 사무실에서 늦은 밤
오서진

| 목차 |

갈등

방학이란 핑계로 대학 2,3학년인 자녀들이 늦게 기상했다. 게다가 아침식사 도중에 사소한 일로 말다툼까지 했다. 옆에서 들어보니 여동생이 먹으려고 점 찍어둔 음료수를 오빠가 말도 없이 마셔버렸고 나중에 빈 음료수 병을 본 동생이 화가 나서 오빠에게 따진 것이었다. 내 딴에는 애들이 일어나면 먹이려고 돼지껍데기도 굽고 카레도 끓여 놓고 있었는데 아침부터 이게 무슨 일인지 싶다.

애들이 싸우는 광경을 멀찌감치 보고 있자니 '엄마'인 나에게 갑자기 서글픔이 밀려왔다. 아무리 대학생이라고는 하지만 엄마 눈에는 여전히 어린 애다. 엄마가 해준 음식을 자녀들이 잘 먹어주는 것 말고 이 세상에 더한 기쁨이 어디 있겠는가?

내 생애 최고의 기쁨은 아이들이 행복해하는 모습을 보는 것이다. 그런데 그런 애들이 서로 노려보면서 싸웠다. 그런 모습이 살벌하기까지 했다.

왜일까, 별 것 아닌 아이들의 싸움인데 돌연 내 자신이 비참해졌다.

자녀가 많다는 것은 분명 복 중의 복일 것이다. 그러나 그것이 어떤 복이든 간에 지금의 나와는 무관한 것 같다.

참. 이른 아침부터 콧잔등이 시큰거린다.

며칠 전 큰딸이 자신의 삶에 대해 주저리주저리 얘기를 늘어놓았다. 요는 가치 있는 인생을 타고나지 못했다는 것이었다. 그러면서 자신의 이름을 성명학에 빗대어 앞으로의 삶을 매우 부정적으로 얘기했다. 또 아빠와의 관계가 불편하다고도 했다.

딸의 이야기는 잊고 싶은 사람(큰딸의 아빠)에 대한 기억을 되살리는 촉매제가 됐다. 딸은 엄마가 겪을 고통은 전혀 아랑곳하지 않았다.

내가 볼 때 애들은 마음이 불편한 일이 있거나 감당하기 힘든 일이 있을 때 스스로 극복하려는 의지가 턱없이 부족하다. 그래서 늘 엄마의 등에 기대어 서로가 서로에게 그 억누르기 힘든 분노를 표출하고 있다. 그런 행동이 엄마인 내 눈에는 여전히 젖먹이 모습으로 비춰진다. 비록 애들이 서른 살을 넘겼어도 말이다.

아침부터 작은 애들 때문에 가슴에 응어리가 맺혔다. 그들이 포효하며 쏟아내는 가시 돋는 언어가 나를 먹먹하게 만들었다. 애들은 각자 개성이 강하고 뚜렷하다. 그래서인지 항상 서로가 더 억울하다고 주장한다. 나는 이런 아이들을 볼 때면 어서 빨리 그들로부터 탈출하고 싶다. 엄마라는 굴레로부터 해방된 자유인, 온전한 한 인간으로의 오서진이 되고 싶다. 그런 꿈을 꾸게 되는 것이다.

이상하게 자꾸만 눈물이 흐른다. 갑자기 고도에 홀로 버려진 느낌이다. 엄마로서는 둘 중 어느 누구의 입장도 두둔할 수가 없다. 그들이 알아서 스스로 해결해 나가기를 바랄 뿐이다. 내 생각은 저편에 놓아두고 오로지 그들의 판단에 맡길 수밖에 없는 것이다. 외로움의 눈물인가, 서러움의 눈물인가? 서글픔을 주체할 수 없는 아침이다.

이런 엄마의 눈물을 본 막내가 "엄마, 죄송해요."라고 하며 겸연쩍어했다. 그러더니 오빠에게도 화해의 손길을 내밀었다. 얼마 안 가 막내로부터 장문의 카카오톡이 왔다.

"반성문."

냉장고를 열 때마다 늘 내가 점찍어 났던 먹거리가 없습니다.

오빠가 빨리, 그리고 많이 먹기 때문이죠.

최근에는 집에 있던 음료수 2통을 오빠가 다 마셔버려서

전 마실 게 하나도 없었습니다.

그랬는데도 아무 말 안하고 그냥 넘어갔는데

오늘은 내가 가져온 음료수까지 오빠가 다 마셔버린 것입니다.

전 속이 상해서 아침에 식탁에 앉으며 오빠에게 "내 것도 남겨줘."라고 칭얼대면서 딱 한마디 했습니다.

그리고 엄마가 차려준 밥을 먹었습니다.

그런데 밥을 먹는데 반찬이 돼지껍데기인 겁니다.

엄마도 아시겠지만 저는 노릇노릇하고 바짝 구운 것을 좋아합니다.

그러니까 이번 것은 그렇지 못해서 안 먹었을 뿐입니다.

그런데 오빠가 갑자기 화를 냈습니다.

"이거 먹어!"

저는 당연히 안 먹겠다고 했습니다.

오빠는 점점 언성을 높였고 저는 저대로 따졌습니다.

"먹기 싫어서 안 먹는데 왜 강요하느냐?"라고요.

그렇게 오빠랑 싸우는데 엄마가 가운데서 말렸습니다.

오빠는 엄마를 째려봤고요.

그리고 우리는 토라진 채 각자 방으로 들어갔습니다.

저는 방에 있으면서 오빠에게 사과해야겠다고 생각했습니다.

아침에 음료수 문제로 먼저 칭얼거린 점은 제가 잘못했다고 생각했기 때문이죠.

그러다가 오빠가 책을 챙기기 위해 제 방에 들렀습니다.

저는 오빠에게 "내가 잘못했다. 미안하다."라고 했습니다.

그런데 그때 엄마가 방에 들어오셨습니다.

엄마는 우리가 또 싸우는 줄 알고 왔던 것입니다.

엄마는 다시 안방으로 들어가시고 오빠도 제 방을 나갔습니다.

저는 오빠 방으로 가서 "사과한다. 받아 달라."고 했지만 오빠는 "저리 가."라고 했습니다. 그러더니 오빠는 교재를 챙겨 공부하러 도서관에 갔습니다.

겨우 돼지껍데기를 안 먹는다고 먼저 화낸 오빠도 분명히 잘못한 건데, 제 사과를 안 받아주니 섭섭했습니다. 오빠의 행동이 어른 같지 않는 행동이라고 생각합니다.

그리고 놀란 엄마를 달래주러 안방에 갔는데 엄마가 울고 계셨습니다.

저는 오빠와 크게 다투지 않았습니다.

평소처럼, 어느 남매처럼, 그리고 여느 평범한 집안처럼 비슷한 수준으로 말다툼하고 째려본 것이 다였죠. 그런데 엄마가 그런 일로 우시니 너무 당황스럽고 죄송스러웠습니다.

저는 남매가 싸울 수도 있다고 생각합니다. 특히 연년생은 더 자주 싸웁니다. 제 친구들도 오빠랑 엄청 싸우기 때문에 웬만한 일에는 크게 신경 쓰지 않습니다. 그런데 엄마가 그런 일로 우셔서 솔직히 많이 놀랐습니다. 하지만 앞으로는 싸우지도 않고, 칭얼거리지도 않겠다고 반성하는 계기가 되었습니다.

엄마 죄송해요.

다 큰 어른이 돼지껍데기 먹어라, 안 먹는다 하나로 싸웠다는 게 부끄럽고 정말 어린애 같은 행동이라 생각합니다. 죄송합니다.

나는 막내가 보낸 이 카카오톡 글을 보고 안아주었고 막내는 배시시 웃으며 내 품에 안겨들었다. 곧바로 아들에게도 문자를 보냈더니 "죄송해요."라고 하트답변이 날아왔다. 1시간의 갈등은 이렇게 짧게 끝이 났고 해피엔딩으로 마무리되었다.

휴가

 2014년 8월 14일~8월 16일.

교황 성하가 오시는 날이라 각종 언론 매체는 환영메시지로 도배가 됐다. 대한민국은 그야말로 온통 축제분위기였다. 나 역시 성심을 담아 축하하며 축복을 빌었다.

그리고 그 마음을 그대로 담아 막둥이와 단둘이 단양으로 휴가를 떠났다.

오전 9시 반에 집을 나섰다. 그런데 중간 장호원에 들러 일을 보고 단양에 도착하니 오후 4시였다. 아들은 아르바이트로, 큰딸은 약속 때문에 함께하지 못해 막둥이와 둘이 휴가를 떠나온 것이 못내 아쉬웠지만 딸과의 오붓한 분위기에 그런대로 즐거웠다.

우리가 찾아간 단양군 가곡면에 있는 '단양팔경 힐링스토리'의 이정규 대표는 늦깎이 대학생이다. 만학임에도 불구하고 배움에 한 치의 소홀함이 없다. 사업과 학문 모두에 열정을 쏟으며 부단한 노력을 하고 있는 것이다.

우리는 지난 학기 동안 멘토와 멘티로 만났다. 나는 이 대표를 지도하는 사회복지실습 슈퍼바이저였고, 이 대표는 사회복지학과 실습생이었다. 바로 그런 인연이 우리 모녀의 발길을 단양으로 인도했던 것이다.

우리는 '단양팔경 힐링스토리' 입구에서부터 이정규 대표의 성실성을 느낄 수 있었다. 거니는 곳마다 그의 땀과 노력이 배어 있었고 주변을 둘러싼 자연 경관의 아름다움과 드넓은 펜션의 풍성한 볼거리가 피로를 싹 잊게 해주었다. 여기저기 구경을 하다 보니 허기가 져서 숙소에 도착하자마자 삼겹살과 물오징어를 실컷 구워먹었다. 그리고 한잠 늘어지게 잠을 푹 잤다.

나중에 자고 일어나니 눈꺼풀을 한없이 무겁게 만들었던 포만감은 어느 샌가 사라진 채였다.

한여름 우중에 산속은 냉기가 흘렀다. 추워서 난방장치를 가동해야만 했다. 방안의 모든 것이 따스하게 나를 감싸고 안온한 가운데 다시금 꿈속으로 빠져들었다.

그리고 둘째 날 아침이 되었다. 새벽녘에 일어나 근처 텃밭에서 콩잎을 땄다. 콩잎 장아찌를 담그기 위해서였다. 물론 주인의 허락을 받은 채였다.

아침식사 후에는 막둥이와 함께 '온달관광지'에 들렀다. 그곳은 고구려의 명장 온달장군과 평강공주의 전설이 담겨져 있는 관광단지로, 숙소인 '단양팔경 힐링스토리(단양군 가곡면 가대리 394)'에서 승용차로 10여 분 거리에 위치하고 있었다.

직접 눈으로 본 온달관광지는 제주도에 있는 '태왕사신기' 드라마세트장보다 넓었다. 관광코스는 '온달산성', '온달황군', '온달동굴' 등의 명승지로 이어져 있었다. 난생 처음 가 보았지만 하나하나 잘 정돈된 느낌이 우리를 평안하게 해주었다.

온달장군이 수양하였다는 전설이 내려오고 있는 온달동굴은 4억 5,000년 전에 형성된 것이라고 했다. 동굴 길이가 매우 길었는데 깊이 또한 상당해서 보고 있으면 압도되는 기분이 들었다. 내부가 마치 에어컨을 가동한 듯 시원해 한껏 청량한 기분을 만끽했다.

막둥이와 함께한 충청북도 단양에서의 신비스러운 체험은 우리를 흥미롭고 신나는 여행으로 인도했다. 하지만 곧 뙤약볕에 노출된 그녀가 퉁명스럽게 말했다.

"엄마! 내년엔 남자친구를 만들어 함께 다니세요. 노인들 효도관광에 따라온 기분이 들어요."

그 말을 듣고 웃음이 나기도 했지만 내심 미안한 생각이 들어 몸 둘 바를 몰랐다. 우리는 서둘러 그곳을 벗어나 애들 눈높이에 어울리는 곳으로 이동했다.

얼마 안 가 단양군 읍내에 도착한 우리는 햄버거세트를 사서 와이파이가 터지는 곳으로 갔다. 그제야 막내의 얼굴이 환해졌다. 역시 아이들의 세상은 스마트폰 하나로 대동단결이었다. 한편으론 엄마와 동행한 힐링

투어가 재미없나 싶어 괜스레 서운한 마음이 들었다.

그렇게 한동안 와이파이로 스마트폰을 즐기던 막내는 전에 없던 밝은 얼굴로 다시 가자고 하면서 일어섰다. 우리는 그길로 인근의 계곡에 들어갔다. 거기서 우리 모녀는 나란히 발을 담근 채 도란도란 얘기하면서 시간을 보냈다. 계곡의 흐르는 물속에 정도 함께했다. 때로는 환희에 젖고 때로는 행복감에 도취되었지만 마음 한구석엔 여전히 아쉬움이 자리했다. 다른 아이들도 함께 왔더라면 좋았을 텐데 하는…….

그러나 그런 아쉬움을 달랠 틈조차 없이 숙소로 돌아와야 했다. 서울 종로구의 '세검정교회'청년단으로부터 특강을 요청받았기 때문이었다. 나는 거기서 '가족의 중요함과'세대 간 소통에 관한 주제로 1시간 동안 강의를 들려주었다.

이윽고 저녁이 되니 단양팔경 힐링스토리에 손님이 가득 찼다. 전국 각지에서 몰려든 사람들의 왁자한 수다와 웅성거림이 고요한 산촌의 밤을 힘들게 했다. 물론 시끄러운 음악도 따라왔다.

그런 분위기를 뒤로 하고 그날 밤 나는 잊지 못할 추억의 한 페이지를 막내와 함께했다. 자기 전에 그녀가 빙그레 웃으며 말했다.

"내년엔 우리 가족 모두가 같이 오면 더 좋겠다."라고.

휴가 마지막 날인 셋째 날이 밝았다. 창밖의 신선한 새벽 공기가 잠을 깨웠다. 새벽부터 자연 속을 걸으며 맑은 공기에 몸을 맡겼다. 가는 길에 산에 있는 뽕잎과 콩잎, 쇠비름을 채취했다. 떠나기 아쉬워서 경치를 둘러보며 한동안 가만히 서 있기도 했다. 내 그런 마음이 산과 주변으로 녹아드는 듯했다.

돌아와서 이정규 대표와 인사를 나눈 뒤 아름다운 추억을 간직한 채 오전 일찍 부천으로 향했다.

귀가하니 낮 12시 반이었다. 나는 곧장 세탁기에 빨래를 넣고 돌렸다. 그러고 나서 단양에서 가져온 쇠비름효소를 담갔다. 이어서 뽕잎과 콩잎은 간장을 달여 장아찌를 만들려고 물·간장·식초·소주를 넣고 끓였다. 거기에 효소액을 첨가했다.

저녁 무렵에는 막둥이와 함께 부천 CGV영화관에서 〈명량〉을 보았다. 장대하고 밀도 있는 해상전투신과 이에 맞서는 이순신의 모습이 생생하게 다가왔고 남녀노소 누구나 감동할 만한 대작이었다. '많은 것을 느끼게 하는 이 명장면이 국민들을 환호하게 만들었겠구나.'하는 생각과 함께 탄성이 터져 나왔다. 그리고 지휘관의 표정과 명령에 절대 복종하는 군대의 조직력과 결속력이 엿보였다. 특히 가수 이정현의 몸부림치는 농아의 표정 연기는 보는 사람들로 하여금 전율케 하기에 충분했다. 그녀의 연기에는 혼이 배어 있었다.

〈명량〉은 관객들과 국민들에게 이순신의 업적을 기리면서 잊고 지냈던 민족애를 되살리게 해주는 멋진 영화였다. 영화가 끝나고 나오면서 막내에게 감상을 물어보았더니,

"조상들의 노력과 역사를 알게 돼 감사하고 올바른 국민성을 갖도록 노력해야겠다."고 응답했다.

이후 대형마트에서 장을 본 후 막내와 함께 저녁을 먹고 귀가했다. 우

리는 그렇게 2014년 하계휴가를 보냈다. 엄마를 위해 사흘 동안 동행해
준 막둥이가 있어 참으로 행복했다.

"애기야! 네가 고마웠다. 그리고 감사했다. 사랑한다. 내 딸아!"

용서

며칠 전 아들과 저녁을 함께 먹다가 아들로부터 느닷없이 "엄마, 만약 엄마가 가장 사랑하는 아들이 살해됐고, 그 살해범이 엄마 앞에 나타나면 어떻게 하실 거예요?"라는 질문을 받았다.

나는 단호하게 "살인은 극악무도한 범행이다. 당연히 엄벌에 처해야 한다."라고 말하면서 또 한편으로는 "그럼에도 불구하고 범인의 사정을 헤아릴 필요가 있다고 생각한다. 범인도 분명히 그럴 만한 어떤 이유가 있지 않을까?"라고 되물으니 아들의 얼굴이 금방 실망의 빛으로 변했다.

그러더니 곧 "아무런 이유도 없이 '묻지마'살인을 했다면요? 사이코패스 같이."라고 목소리를 높였다.

이에 나는 "사이코패스는 죄책감을 느끼지 못해. 그러니 병적으로 보는 거야. 만약 그 범인이 사이코패스라면 그렇게 되기까지 가족이나 사회도 일말의 책임이 있다고 생각해. 우리 사회가 예방이나 치유 프로그램을 도입해 가족을 도왔다면 그런 범죄는 발생하지 않을 수도 있었을 거야. 엄마가 욕하고, 위해를 가하며 복수한다고 해서 죽은 사람이 다시 살아 돌아오나?"라고 응수했다.

아들이 이런 얘기를 꺼낸 데에는 이유가 있었다. 얼마 전에 친구들을 만났는데 그런 문제로 논쟁을 했다는 것이었다. 그 자리에서 친구들 대부분의 의견은 당연히 엄마가 복수할 것이란 결론으로 모아졌다고 했다.

하지만 내 생각은 다르다. 그보다 더한 것도 용서할 수 있어야 한다고 생각한다. 왜냐하면 그렇게 해야 상처로 얼룩진 마음도 비워질 수 있기 때문이다.

예전에 개인적으로 커다란 아픔을 겪었던 적이 있다. 1993년 1월, 당시 13개월 된 아들이 의료과실로 세상을 떠났다. 사인은 주사쇼크였는데 아이의 친가 쪽에서 의료진을 대상으로 소송을 원했고 병원 앞에서 시위를 벌일 태세였다. 아이가 사망하기 직전 의료진은 엄마인 나에게조차 굉장히 무례했다. "나가 있으세요!"라는 식의 고압적이고 명령조인 말투와 언어로 일관했다.

그러나 나는 내 아이를 묵묵히 지켜보며 심장이 멎는 소리를 그저 듣고만 있었다. 이윽고 아이가 숨을 거두자 그곳에 있던 간호사 한 명이 눈물을 흘렸다. 그리고 죄송하다며 나에게 용서를 구했다. 나는 그 간호사를 위로하며 내 곁을 떠나는 아이를 위해 기도했다. 또한 아이에게 새 옷을 갈아입혀 냉동실까지 직접 안고 갔다.

나는 내 아이를 그렇게 보냈다.

당일 오후에 냉동고에서 꺼낸 아이는 완전히 얼어 있었다. 그런 아이를 해부하면서까지 의료소송을 한다는 게 과연 누구를 위한 것인지 알 수 없었다. 애처로이 보낸 아이를 두 번 죽인다는 자괴감 때문에 나는 의료소송을 거절하고 장례를 치르기로 결심했다.

성남 화장터에서 아이를 화장했다. 그리고 안양 청계사 뒷산에 그 유골을 내 손으로 직접 뿌렸다. 훗날 하늘나라에서 다시 만날 것을 기약하며, 나는 끝없이 흐느꼈다.

그렇게 아이는 흔적만 남긴 채 엄마 곁을 훌쩍 떠났다. 나는 몇 날 며칠을 울면서 지냈다. 그러다가 마음을 어느 정도 추스를 즈음 아이의 옷가지, 장난감, 부의금 등을 '아동보호센터'에 기증했다. 아이가 이승에 남긴 흔적들이 좋은 일에 쓰이길 바라는 마음에서였다.

나는 그보다 더 큰 상처를 받았어도 용서를 했다. 이미 아이는 떠났고 살아 있는 엄마가 아이를 위해 할 수 있는 일은 기도밖에 없었다.

"주여! 부족한 죄인을 용서해주시길 바랍니다. 또한 제 아들의 잘못에 대한 용서를 간구합니다. 더불어 제 아이가 늘 주님 곁에서 영면할 수 있기를 간원합니다."

너무 어린 생명을 하늘나라로 보내야 했던 어미의 가슴은 찢어질듯 아팠다. 완전히 실신상태였음에도 불구하고 하나님은 제게 용서라는 단어를 선물했다.

만일 아들이 질문한 의도대로 살인범을 응징한다면 그 후 얻을 수 있는 것은 대체 무엇일까?

미움은 독이 돼 몸과 마음을 병들게 한다. 그러니 용서로써 치유하며 밝고 건강한 사회를 만들어가야 할 것이다.

언니엄마 이야기

중학교 2학년 때 일이다. 나는 가톨릭재단 소속 여자중학교에 다녔다. 그곳에는 수녀님들이 스승으로 여러 분 계셨다. 그 중에 국어 담당이었던 연제숙 수녀님은 나와 20년 차이인 둘째 언니와 친구 사이였는데 성격이 여간 깐깐하지 않으셨다. 당신의 곁을 좀처럼 잘 열어주지 않은 채로 학생들을 대했다.

당시 나는 이숙원, 김길자 두 수녀님을 유독 좋아했다. 그 외의 다른 선생님들은 불편하게 생각했다. 그런 데에는 이유가 있었다. 축복받지 못한 출생의 한계 때문에 나는 늘 남의 눈치를 보면서 성장했던 것이다. 그렇다보니 나와 연계된 가족과 친인척을 향한 경계심이 자연스레 생겨났다. 어릴 적부터 나는 그 분들의 눈빛으로 감정을 파악하면서 살아야 했고 상대에게서 진정성이 보이지 않으면 자연스럽게 그 사람을 회피하게 되었다.

중학생 시절인 1975년. 학내에는 유달리 친인척이 많았다. 육촌 올케 언니였던 음악선생님은 차가워서 가까이 다가서기가 불편했다. 집안 오빠가 되신 이진호 교무주임 선생님 역시 비슷한 이유로 자주 피하게 됐다. 하물며 아버님의 초등학교 동창(1920년 생)이셨던 이봉희 교장선생님 조차 학교에서 뵈면 상당히 어렵고 불편했다.

그나마 큰오빠 동창이었던 김민호 생물선생님께서 내게 잘 대해주셨지만 나는 그마저도 경계하며 거리를 두게 됐다. 또한 나는 우리 집에서 자취를 하셨던 정가홍 영어선생님까지도 피할 정도였다. 이런저런 사유로 집안과 조금이라도 연결된다 싶으면 무조건 회피하는 게 일상이었다.

불행했던 1970년대, 내 중학교 시절은 그러했다.

나는 늘 우울했다. 그리고 앞날은 암울했다. 그런데 그런 나에게 한줄기 빛이 스며들었다. 김덕봉 선생님께서 학교에 부임해 오신 것이었다.

지금 생각해보면 그때부터 학교생활에 조금씩 적응할 수 있었던 것 같다.

나는 비극적인 가족사에 얽매여 사춘기를 고독하게 보냈다. 소녀의 여린 가슴이 어쩜 그리도 시리고 아프던지 늘 외로움에 허덕였다. 당시 내가 할 수 있는 것은 아무 것도 없었고 매괴동산 성모광장에서 자연을 벗삼아 독서하는 게 유일한 기쁨이었다.

몇 해 전에 명동성당 수녀원을 찾아 이숙원 수녀님을 뵐 수 있었다. 이제는 연로하셔서 은퇴 후 할머니 수도원에 계셨다. 아직도 손수 바느질을 하시던 그 분의 고운 모습이 눈에 선하다. 더불어 초등학교 때 담임선생님이셨던 이정숙 미카엘 수녀님도 찾아뵈었다. 그리고 연제숙 선생님을 뵈었다. 장애 동생들을 돌보기 위해 수도복을 벗으시고 수녀로서의 삶을 포기해야 했던 선생님……

선생님께서는 동생인 연제식 신부님과 함께 많은 나눔 활동을 하시며 충북 괴산의 은티마을에서 노년을 보내고 계신다.

그녀와의 인연은 4년 전으로 거슬러 올라간다. 중학교동문회에서 우연히 연 선생님을 만났다. 그때 둘째 언니의 친구이기도 했던 선생님은 "내가 네 엄마가 돼 줄게."라고 하시면서 나를 꽉 안아주셨다. 아파야 했던 지난날을 회고하시며 예쁘게 자라주어서 고맙다고 말씀하셨다. 선생님께서는 예나 지금이나 내게 진한 사랑을 주셨다. 고향의 푸근함을 선생님을 통해 맛보았다.

고마운 마음에 해마다 5월이면 선생님을 찾아뵙는다. 이번 주 일요일에도 선생님 댁으로 가서 선생님과 하룻밤을 동숙할 것이다. 언제나 5월이면 친정나들이를 하듯 괴산 연풍에 자리한 은티마을을 찾는다. 작년과 재작년에도 들렀다. 그리고 돌아오는 길에는 늘 부모님 산소에 들러 성묘를 한다.

얼마 전에 선생님께 전화를 드렸더니 "언제 올래?"라고 하시기에 "곧 내려갈게요."라고 응답했다. 그리고 며칠 후 선생님을 뵙기 위해 은티마을로 고속도로를 달렸다. 1년에 한번 친정댁에 들르듯이 하는 그곳은 무릉도원이나 다름없을 정도로 주변의 자연환경이 잘 보존돼 있다. 언제 가보아도 참으로 아름다운 곳이다.

마을에 도착하니 오전 11시였다. 그때 근처의 작은 성당에서 은퇴하신 수녀님들과 신자 몇 분이 모여 함께 미사를 드리고 있었다. 나는 미사를 마친 선생님과 같이 산야초를 뜯었다. 두릅은 이미 쇠한 상태였다. 선생님이 말씀하신 대로 뜯다보니 큰 바구니는 어느덧 산야초로 가득했다. 이렇게 청정지역에서 나는 너무나 깨끗한 산야초로 해마다 효소를 담근다고 하신다. 이후 선생님은 산에 흐르는 시냇물에서 미나리와 돗나물을 많이 채취하셨다.

우리는 점심을 산중음식으로 간단히 해결하고 효소방을 구경했다. 10년 가까이 된 효소가 담긴 항아리들이 줄지어 있었다. 선생님께서는 암환자들이 오면 이 항아리를 그냥 무료로 주신다고 했다. 오염되지 않은 자연에서 느끼는 행복감과 푸근함 덕에 마치 천당에 와 있는 기분이 들었다.

너무나도 평안했다.

4계절

 〈1974년도 중학교 때 쓴 수필〉

봄

눈 속에서 갓 일어난 햇살이 부산히 녹는 땅속으로 깊이 빠진다. 따스함이 맴도는 봄의 정취와 황토마루 타는 먼지가 엉겨 붙는다. 엷은 초로엔 이슬이 꽃피우고 대지 위엔 향유가 흐른다. 부서진 얼음결에서 밀려 나온 졸음은 꺼칠한 살갗 위에 편히 눕고 어제의 눈물, 어제의 매듭을 깨끗이 씻는다. 하늘을 관통하고 선 앙상한 미루나무 가지엔 꽃뱀이 수를 놓고 어진 봄나무 가지엔 이상에 잠겨 조는 새 한 마리가 조화를 이룬다. 저 메 넘고 메 넘어 관대해가는 봄의 향기가 가거들랑 긴 겨울을 흔들던 바람이여 맞이하여라. 기억마저 사라진 뒤에 다시 너를 찾으리니······.

여름

푸르름의 싱싱한 정열이 타오른다. 옳거니 절커니 이슬이 꽃피우고 달빛 사이로 스며드는 수풀잎은 너울너울 빗방울에 춤을 춘다. 어데쯤에 왔나. 이 무덥고 먼 길……

모래알이 반짝이는 바닷가에서 바다를 외치는 작은 미미함! 긴 해변이 부서지는 8월의 오렌지 빛 태양이 끝없는 파라솔 위에 작열정열하다, 라는 동사가 없습니다한다. 파도만 머무는 모래밭 귀퉁이는 철썩이는 파도 이랑을 넘어 바다로 가 버린다.

가을

밭떼기, 논떼기에서 여름내 땀 흘린 농부 가슴에 수확의 기쁨이 솟아오른다. 곧 터질 듯한 푸른 창공을 한 귀퉁이라도 뜯고 싶다. 까불거리는 잔열과 영롱한 왕열 속에 달이 만삭이 되어 빛을 뽐낸다.

고운님이여!

풍성히 열매 맺힌 고운님이여!

흩어진 낙엽만 긁어모으는 순수소녀 마음속에 나지막하게 동요되는 계절이여!

붉은 태양이 삼킨 아름다운 오색계절은 다시금 찬바람이 휘몰아치며 사라져 가 버렸다.

겨울

깊은 해저와 같은 고요함 속에서의 수량! 밝은 설경과 빈 허탈감 속에서 영상의 계절을 기다린다. 겨울날 따뜻한 볕을 그리는 청량한 물줄기가 하늘을 치솟는다.

하얀 눈꽃이 내린다. 하느님의 축제꽃!

평화의 의탁을 존재하면서 예수와의 융합을 위해 진리의 문을 열어놓는다. 고요한 마음의 울렁거리는 계절이여! 크리스마스 캐럴 속에 겨울의 문턱을 넘어선 창작의 사계절이 지났다.

감사의 마음

홍성남 작가의 칼집사랑이란 시를 보고 칼집순정을 떠올려본 적이 있다.

요즘 우리 사회에는 목표점을 잃고 표류하고 있는 영혼들이 얼마나 많을까? 그리고 진정한 주인을 찾아 헤매고 있는 칼날은 어디서 표류하고 있을까?

아마도 지표를 정하지 못해 우왕좌왕하고 있을지도 모른다. 칼집에서 떠나간 칼날은 어느 누군가를 향해 겨누고 있거나 상처를 내고 있을 것이다. 칼집으로 돌아올 때는 세상 속을 헤치고 다니는 시리고 아픈 상흔이 가득할지도 모른다.

홍성남 시인의 깊은 뜻은 세상 속 기다림과 깊은 혜안에 있을 것이다.

칼집이 기다리고 있는 칼날의 의미는 우리들의 삶을 바르게 인도하는 길라잡이의 안내를 뜻함일 것이고 그것의 쓰임이 바르길 간절히 원할 것이다.

칼집사랑

-홍성남-

칼날의 방향과 처세의 인생사 희비가 엇갈리는 것이
고대로부터 현대까지 긴 인간사의 행동에서 유래되어
지금까지 정착되고 있다.

오늘은 어떤 용도의 칼날을 사용해야 할지
우리 스스로가 정하고 갈 길이다.

과일을 예쁘게 깎는 것이 과도의 순수한 목적이라면
절대적으로 일상생활에 필요한 것이며
소중한 물품이고 보석으로서의 가치가 있을 수 있을 것이다.

예쁘게 깎인 과일과 음식들이
접시에 담겨 맛난 행복을 전달해준다면
기다리는 칼집은 기쁨이 넘칠 것이다.

그러나 누구를 해치게 되는 흉기가 되어 칼부림이 시작된다면
기다리는 칼집은 흉한 상흔을 은폐하기 위한
슬픔으로 가득할 것이다.

오늘 우리의 칼날은

그 쓰임이 행복했으면 좋겠다.

상처를 주고받는 칼날을 기다리기보다
삶의 감사함에 쓰이는 칼날이 되어 칼집사랑으로
되돌아오기를 간절히 바래본다.

순정

삶의 박동이, 그리고 풋풋한 감성이 파르란 혈관을 타고 흘러내린다. 폐부 깊숙이 가슴 언저리를 거쳐, 포효하는 듯한 두근거림으로 나의 인생살이가 시작되었다. 어머니의 신체로부터 이탈되어 별개의 객체가 된 작은 분자는 서서히 원자가 되어가고 있었다.

삶의 끊임없는 애착 앞에서 숨 고르기가 필요할 때마다 내겐 쉬어가는 쉼표가 필요했다.

그것은 바로 일탈이었다.

자연 속의 정화된 맑은 공기였고, 청정한 생각의 정리였고, 선택은 고독한 자아의 판단이었다.

오십 여 년 동안 가슴속 깊은 곳에 마르지 않은 세상에 대한 애정과 순정이 있어 감사하다.

세월의 흔적에 따라 패임과 상흔도 깊을 텐데 자아 정화능력이 뛰어난 하늘의 긍정적 선물로 항상 지우고 내려놓음에 감사하다.

　내 마음의 순정!
　그것은 인간이 지니고 있는 절대적 가치와 믿음, 그리고 인연의 소중함이다.
　늘 옛일을 아름답게 회상하는 노년이 되고 노년엔 보람된 삶을 살다가는 사회의 보화가 되기 위하여 나는 오늘도 아름답게 살고자 노력한다.

　파동 치는 감정보다 은은하게 지속되는 맑은 순정의 피가 흐르는 강물처럼 그렇게, 내 삶의 종착역을 향해 흐르고 있다.

가족이란 이름의 행복

 달리는 차안은 나 혼자만의 왕궁이다.

차안 가득 울려 퍼지는 음악!

오랜만에 듣는 7080노래들이 정겹다. 현실에서 도피한 마음이 음악을 통하여 잔잔하게 가라앉는다. 사랑을 외쳐대는 인간의 근본적 감정이 자극적인 노랫말 속에 담겨 있다.

문득, 속절없이 세월을 등에 업고 사는 내 모습을 바라본다. 나는 누군가를 가슴 시리도록, 혹은 따뜻하게 그리워해 봤을까?

내가 원하는 건 외모도 재물도 아니었다. 오로지 인간적인 사람을 갈구했지만 하늘에서는 내게 그런 인연을 맺어주지 않으셨다. 아니면 내가 너무 냉철했었던가?

음악을 들으며 누군가를 그리워하는 아름다운 소녀 같은 마음을 생각해

본다. 사랑이란 신이 주신 축복의 감정이다.

축복받은 감정

축복된 인연

축복된 삶

축복된 일그런 사랑이 가득한 사람들이 많으면 좋겠다.

살아보니 돈도 명예도 때론 헛되단 생각이 든다. 사람 향기 나는 사람들과 함께 어울려 미소 지으며 세상 어느 흔적에 자기 자신 혹은 누군가의 발전을 위해 최선의 노력을 다한 삶이 가장 위대한 것 같다.

노랫소리가 흐르는 차안에서 혼자 되뇌다보니 쓸쓸하게 묻어나는 감정이 온몸을 휘어 감는다.

저녁을 먹자고 아들을 꼬드겼다. 과외알바를 갔던 아들이 흔쾌히 응해준다. 가족이란 이다지도 기쁜 인연이다. 얼마 전에는 포천에 사는 동창 친구 집에 들렀는데 약주를 한 잔 걸치신 친구남편이 나를 진득하니 바라보시더니, "까칠하게 생겼구먼! 내 마누라가 훨씬 예쁘다."라고 웃으며 농담하시기에 피식 웃고 넘겼다. 울 애들은 울 엄마가 제일 이쁘다고 하니 그걸로 된 거 아닐까.

가족의 축복이야말로 가장 큰 행복이다.

11월 말의 아름다운 꽃

추위에 밀린 가을이 내년으로 가버린 줄 알았더니 잔뜩 움츠린 채로 아파트 화단 구석구석 짙은 가을빛으로 아름답게 머물러 있다. 노란 소국과 붉은 소국, 앙상한 장미 두 송이와 동백꽃봉오리가 오순도순 군집을 이룬 채 생생하게 피어 있어 출근길에 내 눈길을 사로잡는다.

말 못하는 생명들도 외부의 환경에서 저렇게 악착같이 버티며 강한 생명력을 보이는데 만물의 영장인 우리네는 숱한 좌절과 번민 속에서 늘 고뇌하고 방황하고 있으니 이 얼마나 처량한 모습인가.

어젯밤 꿈으로 어수선했던 머릿속이 문득, 자연의 꽃들이 일깨워주는 교훈 앞에서 '오늘도 힘차게 파이팅하세요!'라며 스스로를 다짐하게 만든다.

소국의 향기는 은은하다. 아파트 화단 앞에 고요히 피어 있는 꽃들이 내게 희망의 메시지를 전해주었다.

자연을 나눠주는 행복

막둥이가 함께 귀가하고 싶다고 옹알이를 귀엽게 한다. 애틋한 마음으로 버스정거장 앞에서 막둥이를 기다리다 함께 돌아오는데 묻지도 않은 학교 이야기를 하느라 혼자 잔뜩 신이 났다. 한번 슬쩍 바라보니 들뜬 막내의 표정이 참으로 귀엽다.

집에 돌아와 낮에 끓여놓은 생태찌개를 맛나게 먹는 막내를 보니 또다시 입가에 미소가 떠오른다.

지난봄에 직접 충북 괴산의 깊은 산속에서 채취한 산야초 50가지로 담근 효소를 병에 담았다. 건강이 안 좋은 선배언니를 챙겨드리려고 목감기에 좋다고 말려놓은 몇 가지도 챙겼다. 이는 모두 지난봄 괴산 은티마을에서 직접 채취하여 말려둔 것들이다.

오늘 오랜만에 선배언니에게 전화를 드렸는데 힘없는 목소리를 들으니 마음이 안쓰럽다. 나의 이웃이 되어준 그분들과는 깊고 진한 정이 들어 늘 혈육만큼이나 그립고 반가운 마음이 든다. 그분들께 무언가를 직접 만들어 나눠드린다는 일 자체가 축복된 인연이 아닐까 싶다.

묵은 인연

 2014년 3월의 어느 날 새벽 1시 5분의 일이다.

막내가 보는 드라마 주인공이 언성을 높이는 소리에 깜짝 놀라 가위에 눌려 꿈과 생시를 오가며 횡설수설 잠꼬대를 했다. 막내가 흔들어서 잠에서 깨고 보니 벌써 새벽이다.

어제 저녁 사무실에서 공문을 보내고 늦게 퇴근해서 집에 돌아와 대청소를 했고 다가오는 4월을 대비하여 봄 단장하느라 방마다 돌아가며 새 이불로 바꾸고 잠시 누워서 쉬려고 했는데 그만 그대로 잠이 들어버린 것이다.

겨우내 덮던 핑크색 극세사 침구는 몸에 척척 감겨 좋았는데 면으로 된 차렵이불은 몸에서 자꾸만 겉돈다. 익숙해지기 위해 몸부림치듯 이불을 끌어안아 보지만 낯선 옷을 걸치듯 마냥 어색하기만 하다.

인간사도 그러할 것이다. 새 옷을 입는 느낌과 새 이불을 덮는 느낌은 확연히 다르다. 새 옷은 내 몸에 어울리는 것을 입었을 때 자신감을 뽐낼 수 있지만 새 이불은 신체적인 적응이 필요하다. 이것은 개인과 조직의 차이점 같다. 또한 다양한 고뇌거리이기도 하다.

　잠에서 잠시 깨어 샤워를 하고 화장품으로 거칠어진 피부결을 달랬다. 문득, 낯선 새 이불을 바라보니 여름이 오기 전까지 친해두려면 내 몸과 하나 되기 연습을 해야겠다는 생각이 든다.
　오래 만난 사람들은 누더기처럼 해진 옷일지라도 오래된 체취가 있어 편안하다. 나는 새로 지은 누각의 주인보다는 세월의 흔적에 빛바랜 채 전통이 스며든 누각에서
　늘 손님과 함께하는, 세월 깊은 인연이고 싶다.

　나의 고향 충청도는 김장철이면 소금에 절인 총각김치 장아찌를 땅속 깊숙이 묻어두곤 했다. 냉장처리도 없던 시절이었는데도 여름에 꺼내먹으면 묵은 맛이 깊고 맛있었다. 그 맛깔스러운 묵은 맛처럼 깊고 진한 인연을 간직할 수 있는 사람들을 얻는다면 세상에서 가장 값진 보물을 얻는 것이나 진배없다.

귀한 인연

원재 언니를 처음 만난 것은 1999년 전남 순천에서였다. 한마디로 위대하고 대단한 맹렬여성이었다. 또한 그녀는 상당한 품격마저 지니고 있었다. 언어나 행동 자체에서 귀한 이미지를 뿜어내어 그녀의 곁은 누구라도 감히 근접하기 어려웠다.

이후 우리는 각자의 삶에 충실하랴 바빴고 서로의 안부도 챙기지 못한 채 몇 년이 흘렀다.

그러던 어느 날이었다. 그녀가 말기 암에 걸려 호스피스병동에 입원해 있다는 소식을 건네 들었다. 그야말로 충격이었다. 그리고 소식을 건네 들은 지 얼마 되지 않아 그녀가 홀연히 내 앞에 나타났다. 전신의 절반이 사라진 깡마른 모습으로 나를 찾아온 것이다. 너무나도 놀랐다.

피폐해지고 궁색해진 모습이 이루 형언할 수 없을 정도였다. 내가 알고 있던 예전 모습은 온데간데없이 사라진 것이다. 그럼에도 순수했던 언니는 '살고 싶다'라고 했다.

  그런 언니가 거짓말처럼 다시 부활하게 됐다. 그녀를 살린 것은 간단했다.

  내면적으로는 일할 수 있다는 '희망'이 있었고 외부적으로는 '헤모힘'이라는 면역기능개선제품 덕택이었다.

  나 역시 갱년기를 앓느라 늘 병원에 다녔다. 스트레스로 인해 면역력이 저하되어 온갖 질병에 시달려야 했다. 그러던 중에 애터미 제품을 알게 되었고 헤모힘이라는 약을 복용하면서 면역력이 증가됐다. 그때부터 애터미 제품 애용자가 되면서 병원 신세를 지는 일이 많이 줄어들었다.

  언니는 몇 년 만에 해후한 뒤로 우리 집에 자주 들러 묵고 갔다. 그러더니 언젠가부터 면역에 좋은 제품을 바리바리 들고 다니며 내게 한번 먹어보라고 권유했다. 나는 이상한 물건이라며 몰래 버리기도 했다. 그런데 언니의 안색이 어느 날부턴가 생기가 돌고 표정이 밝아지기 시작했다.

  그것은 엄청난 변화였다. 그녀는 다시 재활하는데 성공했다. 진정으로 자기 자신이 직접 체험한 것이었다. 이후 그녀는 성급하지 않게 천천히 사람들을 수용하기 시작했다.

  그녀를 지켜보아온 십여 년의 세월동안 그녀는 너무도 열심히 살았다. 그 깊은 내면의 모든 아픔을 표출하고 포효하지도 않았다. 늘 진중히 사람들을 포용하며 안고 가는 지혜의 여왕이었다.

  언니는 엄청난 인내심의 소유자였다. 게다가 매사를 긍정적으로 생각하고 있었다.

나는 어떤 이론보다 그녀의 행동습관을 존경하며 스스로의 삶의 원칙에 충실한 언니와의 소중한 인연에 감사한다. 그녀가 선택한 애터미가 없었더라면 지금쯤 그녀는 하늘나라에 있었을 것이다. 비록 가슴 시리게 힘들고 어려웠던 투병생활과 함께 자식들과도 떨어져 살아야 했던 그녀지만 내 눈에는 항상 씩씩한 멋쟁이로 남아 있었다.

그런 원재 언니가 얼마 전 어여쁘고 속 깊은, 딸 같은 며느리를 맞이했다. 신의 축복이 함께한 그녀의 삶은 온가족에게도 행복으로 다가왔다.

우리 사회를 이끄는 모든 구성원의 삶이 서로 나누고 베푸는 마음으로 한 가족 한 형제처럼 살아갈 수 있기를 기원해 본다.

내게 있어 그대는!

내게 있어 당신은 희망이고 빛이며, 감동이고 우정이며 흙과 같은 소중한 자연입니다. 그리고 지금도 살아 숨 쉬는 사랑입니다.

당신의 흙과 같은 진솔함에 지천명 넘은 나이에 세상 눈높이를 그대에게 맞추게 되었고 당신이 전하는 맑은 감성이 나로 하여금 정신적 스트레스에서 자유롭게 합니다. 감사합니다. 고맙습니다. 그리고 사랑합니다.

젊은 날의 아픈 흔적들 속엔 그대가 원망의 존재로 남아 있지만 지금은 감사하는 마음으로 그대를 섬깁니다.

나는 그대에게 한낱 작은 소녀일 뿐입니다. 아카시아와 진달래 향기에 취한 열여섯 소녀의 마음으로 가슴속 깊은 우물 안에 그대의 모습을 그득히 담아두고 오랜 기간 한 모금 한 모금 달게 마시렵니다.

그대의 목소리로 전해 내려오는 잔잔한 평화와 은은한 불빛이 되어, 빛을 전달하는 메시아가 되어 오십여 년 동안 살면서 이렇듯 상큼하고 청량한 감정이 샘솟는 것은 사랑의 감정이 포효하기 때문입니다.

사랑합니다. 사랑합니다.

그대는 천상의 계신 나의 아버님이십니다.

아이들과의 여행이야기

아이들이 어렸을 때, 나는 주말이면 자동차 뒷좌석에 아이들을 싣고 어디론가 훌쩍 떠나곤 했다. 바다에서 나는 비린내를 좋아해서 종종 아이들을 바닷가 근처로 데리고 가곤 했다. 주로 남해와 동해 바닷가였다. 그렇게 아이들과 하염없이 백사장을 거닐기만 하여도 마음이 편안해졌다.

장시간 운전으로 지칠 때면 휴게소에서 잠시 쉬었다가 다시 출발했다. 그런 피로감을 무색하게 할 정도로 아이들과 함께 자연을 탐닉하는 일을 즐겼다.

아이들이 초등학교 다닐 때부터는 해외문화를 체험하러 다녔다. 문화가 전혀 다른 나라에서 아이들의 눈에는 모든 게 신천지 같았을 것이다. 낯선 문화와 낯선 언어, 그리고 동남아 국가의 빈곤을 직접 체험한 아이들이 알뜰해지기 시작했다. 아이들이 서서히 삶에 눈을 뜨기 시작한 것이다.

　여름방학 때 인천의 무의도 펜션에서 1박을 한 적이 있었다. 좁다란 펜션이었지만 지인들과 아이들 모두 데리고 갔다. 우리는 야간조명의 등불 아래 야외테라스 의자에 옹기종기 모여 앉아 밤새 이야기꽃을 피웠고 하늘의 별빛을 바라보며 낭만을 즐기기도 했다. 아이들의 눈에는 매일 잠을 자는 집이 아닌, 바닷가에서의 추억이 그저 신기하고 즐거웠을 것이다. 때로는 실미도에 들어가 영화 속의 한 장면을 연출하기도 하였고 호룡곡산 정상에서 바다와 하늘을 아우르는 산의 아름다운 조화를 바라보며 연신 감탄하기도 하였다.

　인생이 별거던가? 가족들과 함께하며 보내는 시간이 행복하면 되는 거지~
　아이들은 그렇게 엄마와 함께 성장해 가고 있었다. 아픔을 툭툭 털어내는 방법을 익혀가며 어느덧 청소년의 모습으로 커갔다. 미움도, 원망도, 증오도 모두 떨쳐버리고서.

　나는 항상 하늘에 감사드린다. 아이들이 미움과 분노 없이 자라준 것에 감사하고 공부를 잘해 주어 감사하고 주위 분들의 도움이 있어 감사하고 내게 아직도 소녀 같은 순정이 있어 감사한다. 그리고 매순간 이 모든 것을 감사하는 마음으로 새벽을 맞는다.

아들의 친가와 세뱃돈

설날을 친가에서 보내고 온 아이들이 신이 나서 친가 소식을 들려준다. 나는 옆에서 귀를 쫑긋 세우며 아주 오래 전에 헤어진 시댁 이야기를 전해 듣는다. 아이들 친가는 가족애가 두터운 집안이라 어른들이 자주 모인다. 그리고 풍성한 음식을 나눠먹는 넉넉한 문화가 있다. 덕망 높은 친할머니께서 맏며느리로서 가풍을 잘 구축해놓았기 때문이다.

지금도 나는 아이들 친가에 대한 그리움을 간직하고 있다. 아이들 할머니는 정이 많으셨다. 돌아가신 할아버님은 무엇이든 항상 며느리였던 나와 의논하셨다. 그리고 나를 무한으로 신뢰하셨다.

감사하게도 아이들은 내게서 잘 자라주었다. 아이들이 친가에 왕래하면서 가족구성원으로서 가족애를 느낄 수 있어 그 점이 고맙고 기뻤다. 그 집안에서 특별히 해준 것은 없지만.

이혼을 하고 보니 아이들 아빠와는 인연이 아니었다고 생각한다. 하지만 아이들 곁엔 아빠가 있고 대가족이 있다. 내 자신은 고독할지라도 아이들에게는 다행인 것이다.

아들이 세뱃돈으로 저녁을 사 주겠다고 했다. 막둥이랑 셋이서 아귀찜을 먹으러 갔다. 거기서 아들이 '자신감'에 대한 얘기를 했다. 그리고 '성취욕'에 대한 얘기를 하며 게임에 몰입했던 사연을 털어놓았다. 전 국민의 10분의 1인 '500만'명이 하고 있다는 국민게임 '리그 오브 레전드'에 관한 얘기였다. 일명 '롤게임'이라고 불리는 그 게임에서 아들이 전체 순위 50위 안에 들어가 있다는 것이었다. 게임을 하다 보니 '챌린저'라는 등급에 오르면서 게임 유저 500만 명을 제치고 50위 안에 드는 성취감을 맛봤다고 한다. 닉네임이 '토끼리븐'인데 청소년들에겐 연예인만큼 인기가 있다고 했다. 참으로 독특한 아이다.
그런데다 자신의 주관이 얼마나 뚜렷한지 대입 때는 혼자 알아서 원서를 접수하더니 서울대 정시에 합격했다. 이런 아들에게 하라는 공부는 않고 게임에 푹 빠져 있다고 잔소리를 한 적이 있었다. 이에 아들은 "이제 목표를 성취했으니 또 다른 목표에 도전하겠다. 공부를 통해 해외로 나가겠다."라고 하면서 당당하게 자신의 신념과 포부를 밝혔다.

애들 친가에서 사촌들끼리 나눴던 얘기를 들었다. 사촌 형제자매들도 내 자녀들이 잘 자라주니 서로서로 챙기는 듯 했다. 아이들이 이렇게 잘 성장하고 있으니 그저 감사할 따름이다. 한편으론 아이들 세계가 내가 살아온 세상과 많이 다르다는 걸 느낀다.

저녁을 먹고 우리 식구 셋이 한 침대 위에 나란히 누웠다. 누군가 신나 말한다.

"엄마! 우리 침대 참 넓다! 셋이 누워도 여유 공간이 있네!"

그 말에 절로 미소가 지어진다. 이런 애들이 내 곁에 있음에 행복함을 느낀다. 모처럼 아들이 세뱃돈으로 사준 아귀찜을 먹어 감사한 저녁이었다.

늦은 밤 대리기사

얼마 전 시흥시 신천동에서 자원봉사의 달인인 친구 부부와 함께했다. 오랜만에 술을 진하게 마신 뒤 대리기사를 불러 역곡으로 갔다. 후배가 라이온스 회원들이 모여 있으니 오라고 연락을 해온 것이다. 도착해보니 초등학교 졸업 후에 처음 만나는 친구도 있었다. 그런데 이 친구는 당구 게임으로 한 시간 동안이나 나를 벌세웠다. 고얀 후배 같으니!

당구는 아무리 봐도 도무지 모르겠다. 그러나 후배는 사람을 불러놓고 시간 가는 줄도 모르고 게임에 열중했다. 아무튼 게임을 끝내고 근처 치킨집에서 간단히 생맥주 한 잔씩을 했다. 나중에 헤어지고 나서 대리기사를 불러 집으로 향하는데 엄청난 긴장감에 휩싸였다. 그도 그럴 것이 술을 마신 여성과 남성 대리기사 단 둘이 차 안에 있는 게 아니던가!

요즘 사건사고가 워낙 많은지라 나도 모르게 바짝 긴장할 수밖에 없었다. 집으로 가는 내내 차안에서 도망칠 궁리만 했던 것 같다. 사회가 험악하다보니 나도 모르게 범죄와의 전쟁을 한바탕 치렀다.

귀가해서 보니 괜히 상상 속에서 대리기사를 범죄자로 만든 꼴이 되고 말았다. 결국 스스로의 덫에 갇혀 잠시 동안 헛생각을 한 것이다. 기사 분에게 상당히 미안한 생각이 들었다.

그리움

어디서든 잔잔한 노랫말이 들리면 귀가 쫑긋해진다. 그 아이의 목소리일까?

들다보면 비슷한데 아니다. 순간 허탈감이 가슴을 휩쓸고 지나간다.

먼 바다를 향한 무언의 절규일 뿐이다. 그리움은 가슴속에서 깊은 우물이 되어 넘쳐흘러 내린지 오래다. 이 그리움은 강 건너 요단강 길 떠날 때까지일까? 무엇이 방패가 되어 인연의 끈을 단절시켰을까?

어제는 길러주신 나의 어머니 생각을 했다. 그분의 한과 그분의 한풀이와 그분의 삶을 이해하려고 노력하는 마음으로 악어새처럼 부대낀 채 살아온 나의 삶!

그리고 어김없이 그 아이를 생각하게 된다.

드러내지 못하고 속울음을 삼키며 살아야 했던 회한, 세상을 떠난 지 수십 년이건만 아직도 곁에 계신 듯한 아버지의 피 끌림으로 느껴지는 영혼!

문득 그 아이를 생각하니 부모님 생각까지 연달아 떠오른다. 그리움을 가슴에 가득 품은 이른 아침에 스마트폰으로 그 아이의 노랫말에 슬쩍 귀 기울여 본다.

중간치만 살아라

토론회 자료 검토도 못한 채 대책 없이 잠이 들고 말았다. 등교하는 막내의 목소리에 눈을 뜨니 아침이었다.

지난날 오해로 인해 서로 등진 채 살았던 사람들을 생각게 하는 아침이었다. 누구의 잘잘못을 따질 것도 없이 서로에게 아픔을 주었다. 어찌 보면 성장하기 위한 성장통을 겪었던 게 아닐까. 나의 남다른 활동이력이 여성들로 하여금 나를 외면하게 만들었고, 그 과정에서 남성들과의 갈등도 생겨났다. 사람들은 나를 마치 외계에서 온 사람인양 대했다.

'뭐가 그렇게 잘났냐?, 계집주제에, 이혼한 주제에.'

나는 그저 잘난 게 없어서 노력했을 뿐이고, 아파서 아픈 사람으로 생각했는데. 그런 일련의 행동들은 본의 아니게 커다란 부메랑이 되어 돌아왔다.

그럴 때마다 나는 일일이 반응하게 됐다. 그럴수록 에너지가 낭비되고 자꾸만 술만 마시게 되었지만 멈출 수가 없었다.

　그러다 오늘 아침, 어느 회장님이 쓰신 댓글을 보며 문득 깨달았다.
　사람마다 성격이 다양하다. 계층 간의 격차도 더욱 벌어지고 있다.
　만약 중간치로 살게 되면 안티가 없어질까?
　어디 틈에서나 좌우로 잘 어울릴 수 있는 분들은 정말 그릇이 크다고
생각한다.
　나는 여러모로 부족한 것이 많다. 그래서 충돌이 잦고 그때마다 새롭
게 인생을 배운다. 나의 모자람을 보충해주신 그 어르신의 말씀에 감사
드린다.

반성

부족함을 채워나가는 소양을 갖추고 싶다. 그렇게 성장할 수 있는 나이였으면 좋겠다.

토론회에서 새로 개정된 법률에 의해 다시 수정한 주제로 발표해야 한다. 갑자기 두려움이 생긴 탓에 아침에 자아를 성찰할 수 있는 시간을 가졌다.

내 능력은 너무나 많이 부족했다. 반성하며 눈물을 흘렸다. 그동안 회의 진행과정에서 표류하기도 했고, 그 결과물에 충돌하기도 했다. 난파된 배에 혼자 남은 듯한 고독과 두려움에서 오는 상흔도 남았다.

그런 나에게 누군가가 던진 말이 있었다,

"뭐가 그렇게 잘났냐?"

그 말을 듣고 일주일 동안 곰곰이 생각했다.

'잘난 게 없지. 세상에 잘난 분들이 얼마나 많은데.'

'가을 낙엽 떨어지듯 해마다 나이만 들어갈 뿐인데.'

'깊어가는 가을만큼 마음속은 을씨년스럽기만 한데.'

아마 계집이란 수식어는 늙은 할멈이 돼도 사라지지 않을 것 같다. 사람들의 비난을 받으며 반성하는 가운데 나는 벼처럼 고개를 숙이며 익어 간다. 하지만 그 역시 삶이자 여정이다. 나는 그저 감사하게 생각하며 오늘 하루도 다시 시작한다.

아들의 첫 양복

 3년 전이었다.

팔순잔치에 다녀와 아들과 쇼핑을 했다. 아들이 대학에 입학했을 때도 장만하지 못했던 양복을 그때 샀다. 홀어미 밑에서 반듯하게 잘 자라주는 것만 해도 고마웠는데 그런 아들이 지금은 과외로 아르바이트를 하며 가계에 적지 않은 도움을 주고 있다. 참으로 기특하고 자랑스러운 아들이다.

우린 함께 남성용 매장에 들러 옷을 골랐다. 양복을 걸친 아들의 모습이 어느 누구보다 멋있었다. 와이셔츠와 넥타이도 샀다. 모두 아들 스스로 아르바이트를 해서 모은 돈으로 지불한 것이었다. 엄마인 내가 계산할 기회조차 주지 않고 아들은 자력으로 결제했다. 참, 대형마트에 가서 구두도 샀다. 그리고 아들이 좋아하는 어묵을 먹었다.

주차장으로 가는 길에 저만치 걸어가는 아들의 뒷모습을 바라보았다. 어느새 아들은 훌쩍 커버렸다. 서울대 학생이 됐고 듬직한 가장이 돼 있었다. 이런 아들과 팔짱을 끼고 데이트를 즐기다니 꿈만 같다. 정말 멋진 하루였다.

스스로 알아서 모든 것을 처리하는 해결사 아들이 마냥 든든했고 아들의 마음 씀씀이가 고마웠다. 언제나 생각이 깊은 녀석이다. 그는 아마도 하늘에서 풍성한 은혜로 내려주신 선물이 아닐까 싶다.

나의 선물에게 한마디 남겨본다. 아들아! 고맙다.

우리가 아픈 이유

이제는 스마트폰이 일상화됐다. 대중교통을 이용할 때나 가족모임 중에도 사람들은 온통 모바일에 집중한다. 스마트폰과 떼려야 뗄 수 없는 세상이 돼버린 것이다.

회의 중에 사원들이 스마트폰을 들여다보면 나는 하던 말을 중단한다. 회의에 집중할 수 없기 때문이다. 거기다 대화는 산만해지고 핵심은 어영부영하다 놓치게 된다.

나는 아침에 눈을 뜨자마자 그날 해야 할 일들을 체크한다. 그리고 스마트폰으로 뉴스를 본다. 뉴스에 달린 댓글들은 한결같이 부정적이다. 비방하고 지적하고 남을 힐난하는 글투성이다. 감히 누가 누구를 비방하고 지적할 수 있겠는가?

마음이 아파온다.

인터넷상에서 가족 상담에 대한 댓글을 보면 한결같이 이혼을 부추기고 있다. 의뢰하는 글을 올린 사람들도 시댁과의 문제나 부부갈등에서 결론을 이미 내려놓고 여론몰이용으로 쓴 글인 경우가 대부분이다. 일명 시월드도 파렴치한으로 몰아간다.

남편 역시 이런 댓글들을 보며 인간쓰레기가 돼버린 것이다. 답답한 심경을 인터넷 공간에 하소연하지만 시원한 답을 얻지 못한 채 가족을 해체시켜버린다. 정상적인 상담도 받아보지 못하고 말이다. 그러면서 편부모가 되어 자녀를 양육하지 않은 부모를 욕한다. 자녀를 버린 나쁜 인간으로 매도하며 주홍글씨를 새겨 버린다.

언제는 이혼을 부추겼던 사람들이 돌연 입장을 바꾸어 이혼한 사람들을 사회적 범죄자로 낙인을 찍고 짓밟아버리는 것이다. 자녀가 성장하는 동안 소통할 수 없었던 이혼한 부모의 아픈 상흔은 아랑곳하지 않는다. 졸지에 얼굴도 모르는 네티즌에게 자녀를 버린 부모로 인식되어 사정없이 돌팔매질을 당한다. 그야말로 인격살인을 당하는 것이다.

보통 댓글을 남기는 사람들의 특징은 두 가지로 나뉜다. 먼저 인터넷 동호회나 친목도모 카페, 밴드 등 자신을 웬만큼 드러내는 공간에서는 부드러운 글과 고운 말씨를 사용하는 사람들이 있다. 온라인상에서 한껏 아름답고 향기로운 사람으로 포장하는 경우이다.

반면에 자신을 드러내지 않은 공간에서는 무차별적으로 공격적인 댓글을 일삼는 무리가 있다. 하루 24시간이 비방하기에도 모자란 그들은 수많은 악성 댓글을 쓰며 정신이 피폐해져가는 사람들이다.

그들 가운데는 자신의 부모 중 함께 살지 못한 부모를 향한 깊은 원망이 있을 수 있다. 하지만 설사 그렇더라도 따스한 위로와 격려로 화해를 중재해야 한다. 입에 담아서는 안 될 욕설들로 도배를 한다는 건 있을 수 없는 일이다. 이는 글쓴이에게 두 번의 상처를 주는 꼴이 되는 것이다.

연예인 중에는 방송 복귀를 위해 귀국했다가 포기하고 되돌아간 경우가 있다. 그들을 향한 댓글을 보면 대부분 본질적인 문제와는 방향이 크게 빗나간다. 성적으로 비하하는 내용까지 일삼으며 그들의 가족까지 매장을 시켜버리곤 한다. 당사자뿐만 아니라 자녀들과 다음 세대까지 씻을 수 없는 아픔을 안겨주게 되는 것이다. 이런 댓글은 폭언으로 가장 악질적인 방법이다.

앞으로는 인터넷상에 아름답고 건강한 댓글 달기 문화가 조성되기를 바란다. 글은 눈으로 보지만 마음으로 읽는 것이다. 악성댓글에 시달려보지 않은 사람은 그 아픔이 얼마나 크고 시린지 느낄 수 없다. 그럼에도 불구하고 그런 글을 올리는 사람들을 포용할 수 있어야 할 것이다. 그리고 그들의 악성댓글에도 관심을 가져야 진정으로 거듭난 사람이라고 할 수 있다. 악성댓글로 인한 상처를 극복하고 더 큰 화합을 위해 지혜로운 사람이 되길 바란다.

한때 이런 아픔을 견뎌낸 나는 오늘도 많은 이들에게 가족복지를 위해 일할 수 있음에 감사하다. 나를 도와주신 모든 분께 충심으로 고맙다는 생각을 하고 있다.

사랑이 소중한 이유

사랑에 빠진 인간의 몸에서는 도파민, 옥시토신, 테스토스테론, 노르에피네프린, 면역유전자, 페로몬 등의 화학물질이 반응하면서 변화가 일어난다고 한다.

그 중에 도파민은 코카인과 같은 오피오이드계 약물을 복용하는 것과 비슷한 효능을 나타낸다고 한다. 그리고 이러한 효능 때문에 상대방에게 집중하게 되면서 엄청난 행복감을 느낀다고 한다.

지난날들을 되돌아보니 너무나 아프고 시리고 고통스러웠던 시간들의 연속이었다. 방황으로 점철된 인생, 바로 그것이었다. 일로 인한 압박감과 주위의 편견으로 심한 우울증에 시달렸다. 하지만 다행히도 이런 마음고생으로 삶의 목표가 상실될 즈음 희망이란 끈을 잡았다. 그리고 나는 다시 도전했다.

그때 내게 희망을 갖도록 동기를 부여한 친구가 있었다. 나는 그 친구를 통해 긴 시간 준비하고 노력하여 일을 만들어가면서 인내하는 법을 배웠다. 또한 내 성격을 고쳐야 한다는 것도 깨닫게 됐다. 그 친구로 말미암아 그렇게 재도전을 하게 된 것이었다.

사회에 나오면 다양한 사람들을 대하고 각양각색의 사람들을 만난다. 그들을 통해 사람들의 마음을 헤아리는 법을 조금씩 터득하고 있다. 사람들마다 사연도 개성도 다 다르다. 그들은 각자 얼마나 많은 상처를 받을까?

나는 이제 막 걸음마를 띤 단계에 불과하다. 비록 소규모 시민사회단체를 이끌고 있지만 시간이 갈수록 점점 많은 것들을 깨닫게 된다. 이렇게 삶의 양식을 차곡차곡 쌓아가고 있는 것이리라.

그리고 사랑이란 꼭 이성에만 한정된 것이 아니다. 어떤 일에 백 프로 공감할 수 있을 때 진정으로 그 일을 사랑한다고 볼 수 있다. 단순히 동감의 차원을 넘어서서.

일을 사랑하니 몸의 통증도 사라져가고 있다. 앞서 말한 사랑의 감정이 내게 좋은 에너지가 된 게 분명하다. 아름다운 벗과 이웃들이 나를 살려준 천사인 것이다.

세상에 나 홀로 살 수는 없지 않는가? 세상은 충분히 아름답고, 예쁘고, 좋다. 마음속을 떠다니는 나의 세상은 언제나 아름답다. 이런 긍정의 힘이 내게 새로운 희망을 샘솟게 한다.

베이비부머 세대 이야기

💬   나의 출생년도가 포함된 1955년부터 1963년 사이에 태어난 사람들을 우리는 베이비붐 세대라고 한다.

어느 나라든 재난과 전쟁을 겪고 나면 인구가 급증하기 마련이다. 우리도 1950년에 한국전쟁이 끝난 후 1953년부터 회복기를 거치면서 출산율이 급증했다. 특히 1958년 개띠 해에는 무려 128만 명이 태어났다. 그런데 2009년부터 신생아가 한 해에 30만 명 이하로 떨어졌다. 전후 시기에 비하면 4분의 1 수준에 불과한 것이다. 이는 베이비붐 세대들에게 서서히 사회문제로 다가오고 있다. 일명 낀 세대로서의 문제점이 나타나기 시작한 것이다. 현재 50대 중후반인 이들이 노후를 대비한 은퇴준비가 돼 있지 않으면 은퇴 후 자녀교육, 부모봉양, 자신의 노후문제 등 갖가지 문제에 시달리게 될 것이다.

더 큰 문제는 정작 당사자들은 심각하게 받아들이지 않고 있다는 것이다.

이미 10여 년 전부터 국내의 각 보험사들은 연금보험을 비롯한 각종 노후대비상품을 출시했다. 대다수 사람들은 설계사의 권유를 뿌리치지 못하고 마지못해 가입하는 경우가 많았다. 설계사와의 개인적인 인연과 저축성 보험이라는 이유로 인해 내용도 제대로 알지 못하고 그냥 가입한 경우가 많았던 것이다.

당시에는 노후대비 '재정설계'라는 용어조차도 생소하여 사람들로 하여금 잘 인식되지 못했다. 최근에도 극소수의 사람들만 노후인생을 설계할 수 있는 능력을 갖고 있다. 현재 50대 베이비부머들의 부모세대 연령은 70대 중후반 이상일 것이다. 이는 그만큼 베이비부머들의 경제적 부담이 가중된다는 것을 의미한다.

베이비붐세대는 부모세대를 수발하느라 경제적으로 부담이 가중될 수밖에 없다. 이로 인해 베이비부머들의 은퇴가 시작되면 사회적으로 각종 어려운 문제들이 들어나게 될 것이다. 일명 은퇴쇼크, 노후대란이 일어날 수도 있는 것이다.

확실한 직업이 없거나 노후준비가 전혀 안 된 사람들로 인한 경제적 문제가 정치사회적 문제로 대두되어 엉뚱한 데 비화할 수 있다.

근심걱정을 한다고 해서 문제가 해결되지는 않는다. 그렇다고 갑자기 수명이 단축되거나 경제가 풍요로워지지도 않는다.

이럴 때 필요한 것은 인생경험이 많은 베이비붐세대들의 지혜이다. 그들은 훌륭한 가족복지전문가가 될 수 있다. 그동안 쌓았던 역량을 발휘할 수 있기 때문이다.

그럴 기회가 왔다.

베이비붐세대들은 조금만 공부해도 노년을 풍성하게 보낼 수 있다. 아마도 은빛물결의 풍요롭고 아름다운 생이 기다리고 있지 않을까?

놀랍게도 나이가 들어 공부를 하면 이해가 훨씬 빠르고 재미가 있다. 어차피 인생은 배움의 연속이다. 전공분야에서 재능기부를 해도 좋고 새로운 분야를 도전해도 좋다. 살아 있는 한 나는 공부를 계속할 것이다. 나의 가치를 높여 나와 가족과 사회를 위해 봉사하는데 헌신할 것이다.

배워서 남 주랴? 배워서 남 주자.

정년퇴직

얼마 전 하루 동안 가장 난감하고 우울했던 적이 있었다. 은퇴 후 모든 것을 내려놓으신 인생 선배님의 카카오톡 내용 때문이었다.

작년에 고등학교 교장직에서 은퇴하시며 힘들어하셨던 10년 선배님이 계셨다. 나는 그동안 여러 선배님들의 정년퇴직을 보았다. 물러나야 할 적당한 때를 아는 것과 그렇지 못한 때의 모습을 보았고, 은퇴 이후 재임 때와는 달리 표류하는 기색도 목격했다.

그러던 오늘 어느 선배님의 카톡 내용이 나를 먹먹하게 했다. 왜 그렇게 인간적인 절절함이 느껴지던지! 한동안 마트 앞에서 꼼짝도 할 수 없었다. 누군가 나를 옭아맨 것처럼 멍하니 카카오톡만 읽고 있었다.

마트에서 후원해준 물품을 실은 카트를 밀며 사람들 간의 인연을 생각해 봤다. 서로 갈등하며 부딪히는 가운데 정이 깊어지는 것인가? 몇 해 전 나는 우울증에 걸려 있었다. 그때 나와 함께 술잔을 기울였던 그 선배는 지금 직업상담사로 거듭났다.

　오늘 저녁 내내 그 선배의 은퇴소식이 내 머릿속을 떠나지 않고 있다. 어떻게 하면 선배님께 희망과 도움을 드릴 수 있을까? 앞으로는 은퇴 이후 노년기에 표류하는 사람들이 더욱 더 늘어날 것이다. 그분들을 위해 뭔가 대안을 마련해야 할 때이다.

　지혜로운 후배가 되고 싶다.

몇 년 전 가을 인생

떨어진 낙엽을 보며 긴긴 겨울을 생각한다. 땅바닥에 내려앉아 추위에 뒹굴어야 하다니 안쓰럽다. 또 마음 한구석이 휑한 느낌이 든다.

올해 가을은 두 번 다시 오지 않는다. 그런데도 추억도 감동도 없이 가을을 보내고 있다. 그래서일까. 이번 가을 날씨가 유독 을씨년스럽게 여겨진다. 오늘도 여기저기서 해야 할 일들이 밀려들고 있다. 하던 작업을 마무리하고 저녁엔 따끈한 국물에 술 한 잔 걸치고 싶다.

문득 연탄불에서 끓고 있는 남대문 갈치조림 집 찌개 생각이 난다. 누구랑 술을 마실까? 사실 생각을 함께할 수 있는 친구가 그렇게 많지가 않다. 공감할 수 있는 벗을 찾는다는 것은 더더욱 어렵다. 아직도 내 성향이 너무 예리하고 까칠해서 그런 것일까. 사실 나도 마음이 편치 않다.

은행잎이 쓰레기가 되어 거리에 휘날리고 있다. 뼈대만 남아 있는 은행나무 몰골이 안쓰럽구나. 마치 훗날 늙고 병들어 앙상해진 내 모습을 보는 것 같다. 내 삶은 나뭇잎이 스산하게 떨어지는 가을 같은 신세인가.

세월이 도망가듯 하니 마음이 간데없이 시리다. 심장 한 모퉁이가 가을을 떨리게 하고 있다. 한 해 한 해 계절이 바뀔 때마다 아깝고 안타깝다.

홀연 여행을 떠나고 싶은 날이다. 청춘의 피는 뜨겁다. 나도 여전히 뜨거우리라 믿는다. 그들에게 희망과 목표를 심어주고 싶다. 가치관의 차이 때문에 선택의 기로에 선 그들에게 등대가 되고 싶은 것이다. 문화다양성을 찾아 그들과 함께 지중해나 동유럽으로 훌쩍, 그렇게 떠나보고 싶다.

언제쯤이면 그런 시름을 덜어낼 수 있는 여유가 생길까? 문화다양성을 인정하는 벗들이 많아졌으면 좋겠다. 차이를 인정하되 차별은 하지 않는 그런 친구들이 오늘따라 그립다.

국민이 대통령입니다!

2012년 미군부대 안에서 다문화 아동지원 행사를 개최했다. 그 행사가 끝난 후 진행요원들이 맥주와 햄, 소시지를 사왔다. 그런데 먹다보니 양이 부족했다. 더 먹고 싶은 마음에 모든 사람들에게 만 원씩 내라고 했다. 한 사람에게만 부담을 전가하고 싶지 않았던 것이다. 그 자리에 있는 사람들과 더불어 함께하고 싶었다.

그런데 미군 영내의 음식들이 너무 짜서 인상을 써가며 조금씩 먹어야 했다. 한국인 입맛에는 어울리지 않을 정도로 짰다. 나 역시 처음 먹어보는 음식이었다. 약간의 해프닝이 있었지만 그렇게 우리는 푸짐한 파티를 즐겼다.

파티를 즐기고 나서 앞으로 진행해야 할 행사에 관해 의논했다. 그러던 중 갑자기 남자 세 명이 나타났고 전원이 기립자세로 돌변했다. 나는 가만히 않아서 그 광경을 관망했다. 한 분은 어디선가 본 듯한 사람이었다. 검찰 고위간부 출신으로 뉴스를 시청하면서 뵙던 분이었다. 지금은 어느 로펌 대표변호사를 하고 계시다고 한다.

어찌 됐건 재미있고 즐겁던 분위기가 그분의 출연으로 일순 엄숙해졌다. 뒤늦게 나타나 좌중을 무겁게 짓누르고 있던 그분께 슬슬 말씀을 건넸다. 내가 강의 때 늘 하던 멘트였다.

"제가 50대이니 60대 초반까진 인생 친구고요. 70대는 오빠! 80대는 아저씨! 90대는 어르신! 100세 넘어가면 할배! 변호사님은 어느 층이신가요?"라고 했더니 "오빠!"라고 하신다.

그래서 순식간에 그 좌중을 압도하던 고위층 인사는 친근한 오빠가 되셨다. 그리고 우리 모두 한바탕 웃었다. 하하하!

전직이든 현직이든 그분들도 사람인데 무겁고 엄숙한 분위기에는 부담을 느끼셨을 것이다. 야심한 밤에 미군부대 영내까지 왔는데 그분들 입장에서는 즐겁게 지내고 싶은 게 당연할 게다.

나의 재치 있는 입담으로 드디어 분위기가 무르익기 시작했다. 나중에 그분이 단체사진을 찍고 돌아가시면서,

"나도 이 마을의 일원으로 끼워주면 촌장 노릇 잘 할 수 있는데."라고 하신다.

순간 변호사님에게서 구수한 인간미가 물씬 느껴졌다.

우리가 꿈꾸는 마을은 뭔가? 사회에 봉사하고 공헌하겠다고 모여든 사람들 아닌가?

그런 마을을 만들고 싶고 그 일원이 되고 싶은 갈망은 많이들 갖고 계신다.

그 마을에 입소하고 싶으시다는 살가운 표현에 정말 감사하고 반가운 마음이 크게 들었다. 나는 바로 "네, 모시겠습니다."하고 호탕하게 대답했다.

그분은 다문화 관련 복지사단법인의 고문변호사로 계셨다. 한때는 고검장으로 날리던 멋진 젊은 날도 있었겠지만 현재의 변호사님 모습은 인자함과 편안함이 얼굴에 스며 있었다.

계층은 이제 사라지고 있다. 아직도 잔존한 몇몇 구린내 나는 계층만 제외한다면 말이다.

이제는 좀 더 성숙한 사회가 됐으면 좋겠다. 시장실에 걸린 "시민이 시장입니다!"라는 표어처럼, 청와대에 걸릴 "국민이 대통령입니다!"라는 표어를 기대해 본다. 그리고 그동안 만나 뵈었던 분들의 참된 인성이 국가와 사회에 큰 저력이 되리라 믿는다.

사랑하라! 시간이 없다

💬　　　　어린 시절이었다. 고향에서 약국을 경영하시고 방앗간을 여러 개 운영하던 우리 집은 행랑채에 머슴들이 많이 살고 있었고 침모와 식모가 있었다. 개울 건너 감곡중학교 앞 논들이 거의 우리 논이어서 새참을 담은 광주리를 머리에 이고 나서는 일하는 아줌마들을 따라 물주전자를 들고 총총 따라나서곤 했다. 깨금발로 개울을 간신히 건너면 드넓게 펼쳐지던 황금들녘!

머슴아재들이 메뚜기를 잡아 한쪽 들녘에서 구어주면 어찌 그리 고소하고 맛나던지!

키가 작은 꼬마는 황금들녘 볏짚 사이에서 뛰놀곤 했다. 발을 움직여 가동하는 탈곡기가 응응대며 내뿜는 호흡은 먼지가 돼 코끝에 닿았다. 정부가 혼·분식을 장려하던 1970년대에 우리 집의 쌀 저장고 높이는 어른 키를 넘어섰지만 언제나 쌀이 가득했다. 일하던 아저씨들이 추위를 피해 부엌으로 몰려들면 인심 좋은 우리 엄마는 막걸리를 한 사발 건넸다.

1918년생인 울 엄마(길러주신 엄마)는 일하는 분들에게 먹을 것을 자주 챙겨드렸다. 그것도 호랑이 시어머니(매섭던 울 할머니) 몰래. 그렇게 울 엄마는 인심이 풍성했고 정이 넘쳐흘렀다.

나는 그때 가을 들녘 너머 불타는 노을을 바라보며 '참 예쁘다'란 생각을 했다. 그리고 아름답게 늙을 수도 있겠구나 싶었다.

코스모스는 길가에 듬성듬성 있었다. 언젠가 가을 들녘의 코스모스 길에서 사랑하는 이와 팔짱 끼고 순수하게 노래하며 걷고 싶다. 가수 김상희 님의 '코스모스 한들한들 피어있는 길. 향기로운 가을 길을 걸어갑니다.'를 흥얼거리면서.

올해 가을부터는 불타는 사랑을 하고 싶은 욕망이 생긴다. 아직은 순수한 열정이 살아 있기에 가능하리라 생각하면서도 막상 실현되기 어렵다고 생각하니 저물어가는 해가 그저 안타까울 뿐이다.

생애 전환점에서 예쁜 사랑을 꿈꾸게 된다. 노년이 되기 전에 추억에 남을 만한 아름다운 사랑을 하고 싶다. 가을이 무르익는 10월 말엔 한 소쿠리 사랑을 가슴속에 담고 사랑여행을 한번 떠나면 어떨까. 삶의 일부는 뒷전으로 남겨놓은 채.

가을은 해를 거듭할수록 내 생애에서 희미해져 간다. 그만치 격동같이 살아온 세월이었다. 그 중압감에 놀라 간혹 새벽녘에 소스라치곤 했다.

깊어가는 가을 들녘의 풍성함과 벼를 벤 후에 황량해진 들판의 모습이 우리네 인생과 흡사하다. 그러니 더 이상 여생을 낭비하지 않고 올 가을엔 가슴을 열고 자연 향기를 맡으리라. 그리고 지금을 사랑하리라.'지금'이라는 조영남 씨 노래처럼 지금이란 순간을 존중하고 아끼며 사랑하리라!

구수한 가을들녘! 사랑하는 사람들의 손을 잡고 떠나고 싶다. 그들과의 한가롭고 여유로운 여행을 2박 3일만 해도 소원이 없겠다. 정말 내 생애 불가능한 일인가?

평화로운 가을공기, 곁지기가 없으면 고독조차 누릴 자유가 없는 것인가?

지금 이 순간 사랑하는 사람이 나타난다면 엄청난 축복일 것이다.

사랑하라! 시간이 없다!

후배 명숙이!

 3년 전 가을이었다.

전북 고창을 다녀오면서 고속도로 위에서 바라본 들녘은 그야말로 농부들이 땀방울로 일궈낸 황금들판이었다

"이제 곧 나락 빌라믄 울 큰오빠 고생 좀 하겠네잉!"

명숙이의 구수한 전라도 사투리에 고개를 끄덕였다.

아침 설거지를 마치고 빨래를 하고난 뒤 전화기를 보니 부재중 전화가 와 있었다.

후배 명숙이다. 명숙이는 가수 SS501 멤버 허영생의 엄마이기도 하다.

"언니! 뭐한가?"

"응. 그냥 있어. 소래산 가서 칼국수 먹고 올까?" 했더니

자신의 친정을 가자는 것이었다. 나는 준비도 하지 않은 채 대충하고

따라 나섰다.

전북 고창을 향하는데 후배가 친정엄니께 전화를 걸었다. "뭐단가?"라고 말문을 열면서 통화를 시작했다. 나는 그 단어 뜻이 뭔지 몰라 의아하게 생각했다. 통화 이후 그녀에게 물으니 '뭐하느냐?'라는 뜻이라고 했다.

아! 그렇구나!

경상도에서는 '엄마! 니 밥 묵었나?'라고 해서 나를 놀라게 하더니. 전북에서는 '뭐단가?'라고 하면서 나를 놀라게 했다.

우리 고장 충북에서는 안부전화를 걸 때 '저유~진지 잡셨슈~'라고 한다. 각 고장마다 표현하는 언어는 다르지만 다들 정겹기 그지없다. 나오는 휴게소마다 들러 여유를 부리는 후배의 정겨운 친정나들이 모습에 절로 미소를 짓게 된다.

그녀를 따라 고창을 간 게 벌써 대여섯 번은 된다. 이미 선운사를 여러차례 가봤었다. 오늘도 어김없이 선운사에 들렀는데 후배가 고창의 명물 풍천장어를 먹자고 한다. 카카오 스토리 글을 보고 오늘 언니가 한가하다는 것을 알았다며 보쌈질한 동생!

차 안에서 노래를 불러 달라고 해서 간드러지게 한곡 읊어댔다. 장거리 여행에 노래를 불러주면 다들 그렇게들 좋아한다. 중간 휴게소에서 후원금 모금을 위한 라이브 노래 부르기가 있었다. 가만히 듣고 있다가 지폐를 꺼내 넣으려니 돈 통이 꽉 차 있었다.

'세상 인심이 아직은 따뜻하구나.'라는 생각을 했다.

고창 가는 길에 서천휴게소에서 잠시 글을 쓰고 후배와 함께 선운사 앞에서 장어를 먹는데 3년 만에 먹는 맛이 일품이라 염치없이 신나게 먹었다. 게 눈 감추듯 먹어치우는 언니가 안쓰러웠던지 명숙이는 몇 점 먹지도 않고 된장국에 밥을 비빈다.

끄억! 밥그릇을 후딱 비우고 나니 잘 먹었다는 소리가 절로 나왔다.

선운사에 와서 명숙이가 기도하는 사이 나는 사진을 찍으며 경내를 돌아봤다. 그리고 다시 명숙이네 친정으로 향하는 길. 언니에게 거금을 들여 장어로 포식하게 해준 예쁜 동생 고맙데이!

비싼 음식 사줘서 고맙다니까 일주일 동안 열심히 일하란다. 동생네 친정엄니가 명숙이 전화 받고 언제 오나 하시며 차 소리에 귀 기울이실 텐데 얼른 들렀다가 올라가야지~

고창 후배네 친정은 재작년부터 왔던 곳인데 명숙이 친정엄마가 딸내미 차 트렁크에 항상 먹을거리를 바리바리 실어주신다.

차 안에서 피곤했는지 선운사의 맑은 공기를 뒤로한 채 운전석 옆에서 살짝 코를 골며 잠들었는데 사촌동생 전화소리에 화들짝 단잠이 깼다. 그 후로 운전하는 명숙이 귀를 즐겁게 해주려 다시 노래를 신나게 부르기 시작했다. 옛날 노래부터 요즘 노래까지~ 철부지도 이런 철부지가 없었다. 혼자 신나서 노래하고 흔들면서.

나보다 여섯 살이나 어린 명숙이가 "언니는 참 귀여운 데가 있어 잉~" 하며 웃었다.

노래를 부르다 지쳐서 쉬고 있는데 명숙이가 라디오를 켰다. 때마침 흘러나오는 조항조의 '거짓말'이란 노랫말에 갑자기 가슴이 미어졌다. 삼년 전 세상을 떠난 친구가 생전에 많이 불렀던 노래가 바로 이 노래 '거짓말' 과 '천 년을 빌려 준다면'이었다. 아! 그 친구를 잊고 살았구나!

친구야~
지금쯤 천국에서 영면해 있겠지!
넌 참 좋은 친구였는데.
많은 사람들이 좋아했던 너였는데.

친구를 떠올리는 사이 다시 음악은 신나는 것으로 바뀌어 있었다. 하지만 몇 년 전 51세를 일기로 세상을 뜬 그 친구 생각에 가슴이 콱 막혀와 아무것도 할 수가 없다.

그 친구의 사망소식은 한참 후에야 들었다. 어느 날 꿈속에서 그 친구가 보이기에 안부전화를 걸었다. 그러나 그 친구는 전화를 받지 않았다. 나중에 다른 친구에게 물으니 보름 전 세상을 떠났다는 것이었다. 자신들도 나중에 알았다고 하면서 말이다. 나는 조항조의 노랫말에서 지난해 떠난 친구 모습을 어슴푸레 그려보았다.

고속도로의 체증을 뚫고 귀경하니 밤 10시 반이었다. 명숙이 집에서 밑반찬을 챙겨들고 우리 집으로 돌아왔다. 하루 동안 장거리를 달려 피곤했지만 동생과 더 많은 대화를 나눌 수 있고 정을 나눌 수 있어 좋았다.

그리움의 추석

2013년 추석 이틀 전에 '구비구비'란 연극을 대학로에서 봤다. 그 후 주인공에게 주어진 삶의 아픔이 내게 전이되어 밤새 힘들었다.

주인공은 혼자서 6역을 감당했다. 혼신을 다한 그 연기에서 과거부터 현재까지의 내 모습이 투영되어 빠져 들었던 것이었다.

지난 설까지는 명절 인사를 다니며 여기저기 선물도 보내고 홀로 된 사람들을 불러 음식을 대접하기도 했지만 올해는 추석 인사도 음식도 생략했다. 왜냐하면 올해는 아이들이 반대했기 때문이다. 그렇게까지 힘들게 하지 말라고 하면서.

아이들은 친가에도 가지 않겠다고 했다. 그러나 나는 다녀오라고 등을 떠밀었다.

아이들은 오랜 세월 친가와 떨어져 살았다. 그래서 친엄마가 아닌 아빠의 새 부인이 있는 본가에 가는 것이 싫은 것이다. 그 집안의 분위기가 낯설어 불편하다고도 했다.

한편으로 이렇게 명절음식을 생략하고 나니 의외로 마음이 편해졌다. 물론 육체적 자유도 얻을 수 있었다. 작년 추석엔 수필가 이상헌 선생님 만 잠시 찾아뵈었고 그 밖의 모든 이에게는 선물조차도 돌리지 않았다.

3년 전부터 수입이 없는 상태에서 복지사업에만 전념했다. 그 행사에 따른 지출비용과 판공비 증가로 인해 부채가 많이 늘어났기 때문이었다. 하지만 돈벌이 수단으로 앵벌이 같은 복지사업은 하고 싶지 않았다. 그렇게 아등바등 버티다 보니 요즘 곤궁해지기 시작했다. 다행히 후원업체 는 조금씩 늘어나고 있다. 이에 따라 10월 행사에 대한 걱정은 어느 정도 덜 수 있겠다.

내가 준비하는 숙원사업은 '행복한 가정 만들기 가족지킴이' 프로젝트 이다. 전 국민의 의식을 변화시키고 세대 간에 문화·환경의 차이를 극복 하게 하는 것이 사업목적으로 이를 통해 이혼율과 자살률을 낮추는데 기 여하는 '가족복지'로 자리매김하고 싶다.
허나 사람들은 부정적 시각으로 대뜸 묻는다. 왜 그 짓거리를 하느냐 고. 그런 사람들과 함께 있으면 그저 답답할 뿐이다. 그래서 국가가 책임 지지 못하는 일일지라도 개인적 체험을 통해 사명감이 생겼다고 응수한 다. 지인들 중에는 각 지역과 단체에서 힘 꽤나 쓰는 분들이 많다. 그럼에 도 불구하고 그들의 도움 없이 일을 진행하니 오히려 당당하고 개운하다.

아이들이 늦잠을 자고 있는 추석날이었다. 아침에 일어나 시래기와 콩나물 무침을 했다. 지난여름 담갔던 참외장아찌를 꺼내 무치기도 했다. 사골은 사흘을 고았고 막내가 좋아하는 식혜는 가득 끓여 베란다에서 식히고 있다. 혹여 큰애들이 올까 기다려진다. 그리고 수양 딸네도 올지 모른다는 생각에 음식을 준비했다.

예전에 우리 부모 마음이 이랬겠지. 나도 모르게 애들로부터 걸려올 전화를 기다렸다. 큰딸은 온다고 했는데 친구들과의 여행 때문에 어쩔 수 없다며 재차 연락이 왔다. 애들과 함께하고 싶은 마음에 그만 힘이 쭉 빠져버린다. 하지만 다 큰 자식을 품안에 가둘 수도 없는 노릇이니. 그럼에도 불구하고 아쉬웠다.

그립고 보고 싶었다.

큰아들의 가슴속에 제 친엄마는 자리하고 있을까? 속내를 알 수 없으니 한없이 그립다.

작은아이들 친가에선 명절에 단 한 번도 아이들을 찾지 않았다. 그럼에도 불구하고 내가 먼저 연락해 아이들을 보냈다. 올해도 역시 친가에서는 아이들을 찾지 않았고 아이들 또한 가려고 하지 않는다.

오후에 어머님께 성묘를 하러 가야겠다. 카카오 스토리에서 제사상을 찍은 사진을 봤다. 그걸 보자 문득 지난날들이 떠올랐다. 열심히 제사를 모시던 그때의 노력과 흔적들이 눈앞을 스친다. 지금은 어느 곳에서도 차례를 모실 수 없게 됐다. 부모님 차례에 참석하는 것을 큰오빠가 싫어한다. 친어머님은 기독교식이어서 제사를 안올린다. 시댁과는 오래 전부터 관계가 단절됐다. 명절 아침부터 이래저래 우리 애들에게 근본 없는 집안임을 보여주는 듯해서 안쓰러운 마음이다.

점심 무렵, 아우 명숙이가 왔다. 함께 점심을 먹고 친어머님이 계신 부평가족공원에서 성묘했다. 명절이라 가족을 대동하고 나온 성묘객들이 엄청났다. 척박한 우리나라 사회 풍토에서 조상을 기리는 풍습이 아직도 많이 남아 있다는 사실에 감동했다. 분향소나 조화를 파는 집 할 것 없이 여기저기 끝없는 줄의 연속이었다. 차량은 아예 안으로 접근조차 할 수 없어 입구에서부터 걸어가야 했다. 넓은 공원 이곳저곳에 분묘이장공고가 붙어 있었다. 이미 이장한 곳도 군데군데 보였다.

우리는 어머님이 계신 만월당으로 갔다. 많은 사람들 틈에서 떠밀려서 갔다. 거기에는 친어머님 유골함과 사진이 나란히 놓여 있었다. 오랜만이라 그런지 어머님의 흔적들이 왠지 낯설고 어색했다. 어머님은 스물세 살에 나를 낳으셨는데 씨받이로 들어와 백일 된 나를 남겨놓고 안타깝게도 우리 곁을 떠날 수밖에 없었다.

그 후 재가해 40여 년을 사시다가 그 집 영감님이 작고하신 뒤 독거노인으로 지내셨다.

어머님은 50여 년의 세월 동안 내게 '사랑한다'라는 말 한 마디도 하지 않으셨다.

이승에서 남긴 유일한 말씀은 '미안하다'였다. 그렇게 내 친어머니는 저승으로 가셨다.

오늘 난생 처음으로 어머님의 젊은 시절 모습을 봤다. 납골당에 마련된 작은 공간에 당신의 남편과 아들과 함께 찍은 사진이 나란히 놓여 있었다. 사진으로 보는 어머님 모습이 어찌나 낯설던지. 그 얼굴을 멍하니 바라보면서 여기가 과연 내가 찾을 곳이 맞나 싶어 기분이 이상해졌다. 그리고 그 사람들 속에 내가 서 있을 곳은 마땅치 않다는 느낌이 들었다.

납골당을 돌아서며 생긴 우울감은 어쩔 수 없는 것이었다. 그동안은 고향에 있는 부모님 산소는 자주 들렀다. 그곳은 언제나 내 편안한 쉼터였다. 형제들과 마주칠 일이 없었기 때문이었다. 그런데 친어머님이 계신 납골당엔 낯선 사람들이 함께 있었다.

불편한 자리를 뒤로 하고 돌아오는 길에 휴게음식점에 들렀다. 그곳에서 명숙이, 막내딸과 함께 아이스크림과 커피를 마시며 시간을 보냈다. 그리고 마트에 들러 소주, 맥주, 삼겹살, 야채를 샀다. 아들과 술 한 잔 하고 싶었다. 그리고 저녁에는 수양딸이 와서 먹거리를 나누며 대화했다. 참으로 예쁜 아이다.

두 어머니!

제게는 어머님이 두 분 계셨습니다. 그 분들은 모두 제게 평생 동안의 고통을 안겨주셨습니다. 두 분은 가까이 하기에는 너무 먼 당신들이었습니다. 저는 '어머니'에게서 '엄마'를 찾을 수 없었습니다. 제겐 어머니란 단어가 서글픔과 서러움의 상징이었습니다.

친어머님, 당신의 사진 속 젊음을 전혀 기억할 수 없었습니다. 미소도 낯설 수 있다는 사실을 확인했을 뿐입니다. 생전에 찾아뵈면 늘 인상만 쓰시던 그 모습이 아니었기 때문이겠죠.

당신이 낳은 피붙이는 당신 딸이 될 수 없었습니다. 속 좁은 이 내 가슴속 눈물은 이미 홍수가 된 지 오래입니다. 돌아서며 후회한들 무슨 소용이 있겠습니까?

어머님.

'천국에서 영면하라'는 당신을 위한 기도를 드리지 못했습니다. 사진만 바라본 채 멍하니 서 있다가 허전함만 간직한 채 돌아섰습니다.

그 후 먼 길을 걸으며 많은 생각에 잠겼습니다. 우리의 인연에 대해, 생각했습니다. 미안해요. 미안합니다.

저의 애들에게는 절대 그런 슬픔을 주지 않겠습니다. 내 한 몸 희생해서라도 애들만큼은 그런 낯설음을 결코 겪지 않도록 하겠습니다. 당신의 지난 50년 인생은 저와는 분명히 다른 삶이었습니다. 저는 애들과 평생 함께하겠습니다. 이런 슬픔은 제가 마지막일 것입니다.

저는 제 울타리 안에서 우리 사회를 살아가는 슬프고, 시리고, 아픈 사람들을 보듬겠습니다.

제 두 어머님!

저도 사람입니다. 그래서 늘 방황했습니다. 그러나 두 분 모두 사랑하고 존경합니다. 그리고 늘 보고 싶습니다. 길러주신 어머니는 제게 미움과 사랑을 동시에 주셨습니다. 그분의 마음을 충분히 이해하고 공감합니다. 저를 키워주셔서 감사드립니다.

평화로운 9월의 일요일

늦은 아침을 얼큰한 된장찌개와 함께했다. 그리고 지난 6월에 담근 매실을 걸렀다.

오십초 효소는 지난해 초에 걸렀다. 그 찌꺼기로 술을 담갔는데 농도가 진해 쓴 맛이 났다. 매실 찌꺼기는 술을 담아 놓으려고 따로 놓아두었다.

이제 몇 개월 뒤면 김장철이 돌아온다. 작년에 100포기를 담가서 다 먹었는데 올해도 그 정도 해야겠다.

고추장은 명절 연휴에 아이들을 친가에 보내놓고 혼자 있을 때 담글까 한다. 내겐 명절 휴가철이 가장 인간적으로 힘들고 고독한 시간이다. 그래도 아이들이 친가에 가서 온가족들과 행복하게 지내다 오는 것이 나에게도 행복이다.

물론 눈치는 보이겠지. 그럼에도 불구하고 1년에 두어 번은 만나야

한다.

그곳이 애들의 뿌리이자 고향이니.

모처럼 사우나에 가야겠다는 생각이 들었다. 긴장했던 몸도 풀 겸 막내와 함께 가려고 했으나 그녀는 여전히 꿈나라를 헤매고 있었다. 쓰레기는 분리수거해서 몽땅 들고 나가려고 생각했다. 그런데 집안일을 하다 보니 어느덧 오후가 되었고 사우나도 포기한 채 그냥 뒹굴고 말았다. 그렇게 얼마 간 딸내미랑 강아지랑 낮잠을 자고 놀다가 함께 재래시장을 돌았다. 인절미와 술빵이 먹고 싶다던 막둥이는 보리밥집에서 보리밥을 먹고는 그만 생각이 없어졌다고 했다. 엄마를 졸졸 따라 다니면서 조금 전까지 했던 먹거리 타령은 배가 부르니 오간데 없어졌다.

아들에게 월간지에 실린 내 기사를 보여줬다. 이에 아들이 고개를 끄덕였다.

수양딸이 아들 범준이를 집으로 데려왔다. 손자 범준이가 수양딸과 함께 귀가한 시간은 밤 12시. 수양딸이 편하게 자는 모습을 보니 기특하면서도 짠했다. 작은 것이라도 나누고 베풀려는 그 마음이 아름답고 고마웠다.

등록금 이야기

 2013년 2월 2일, 늦은 밤이었다.

포천을 다녀오는 길에 어둠을 헤치며 달리는 차안에서 잔잔한 음악에 취했다. 이윽고 부천에 도착해 과외알바를 마친 아들을 데리러 갔다. 그리고 막둥이와 함께 보쌈집으로 향했다. 나의 울타리 안에 사는 생명체들은 아직은 품 안의 자식이라 그런 가 언제 봐도 사랑스럽고 예쁘다. 큰딸도 불렀는데 바쁜지 답변이 없었다. 식사를 하던 막내가 갑자기 내 호서대학교 벤처대학원 박사과정 등록금고지서를 쑤욱 내밀었다. 세 아이들의 대학등록금 걱정 때문에 걱정이 많았던 나는 그걸 보고 깜짝 놀랐다. 아들이 말하길 막내가 누나에게 등록금 문제를 이야기했다는 것이다. 그 순간, 나는 막내에게 분노했다. 좋았던 분위기는 초토화되고 말았다. 멋쩍은 막내가 딴청을 부리는 모습에 나는 더 화가 났다.

외식을 마치고 나온 우리 가족의 분위기는 그야말로 참담 그 자체였다. 나는 집으로 돌아와 큰딸에게 사과의 뜻으로 문자를 보냈다. 그랬더니 환하게 웃는 답장이 왔다.

'괜찮아! 이해해.'라고! 나는 문자를 보자마자 '휴~'하고 가슴을 쓸어내렸다.

구체적인 사연은 이러했다.

큰딸은 늦깎이 공부를 하고 있는데 지금 대학교 3학년 세무회계 과에 재학 중이다. 세무업계 경력 10년 차로 실무 능력은 베테랑이다. 하지만 등록금 때문에 대학 공부를 미루는 바람에 그동안 휴학과 복학을 반복해야 했다. 그러다가 지난 학기에 다시 복학한 것이다. 그런데 등록금을 마련하지 못했는지 나에게 조심스레 얘길 꺼내며 이번에 도와주면 급여가 나오는 대로 바로 갚겠다고 했다. 그 얘기가 있기 며칠 전에 나는 아들과 단둘이 앉아 등록금에 관해 이야기했다. 아들이 "나는 성적장학생이니 알아서 할 거고, 막내도 준비하게 할 테니 엄마는 엄마 박사과정 등록금만 준비하세요."라고 하기에 내가 "누나 좀 이번에 도와주고 엄마는 나중에 다녀야겠다."라고 한 것이었다. 내 말이 걱정스러웠던 아들은 동생인 막내와 의논하기에 이르렀고 이에 막내가 언니에게 슬쩍 귀띔을 한 것 같았다.

그리고 얼마 있다 큰딸에게서 문자가 3개나 왔다. 등록금은 알아서 하겠노라는 얘기였다. 그 문자에 나는 죄인 같은 심정이었다. 마음이 너무 짙게 아팠다.

그리고 오늘 식사 때 그 낌새를 파악한 나는 막내에게 "왜 쓸데없이 언니에게 그런 말을 했냐?"라면서 야단을 쳤다. 큰딸이 혹여 상처를 받았을까 지레 겁이 나고 불안했던 것이다. 그게 바로 엄마의 마음이지만 자녀들의 마음은 또 달랐던 모양이다. 막둥이와 아들은 등록금 때문에 고민하는 엄마를 위해 언니에게 이야길 건넨 것이었다. 그런데 감사하게도 우리 큰딸로부터 다정한 답장이 왔다. 너무 너무 미안하고 고마웠다.

이런 속 깊은 큰딸에게도 엄마의 정을 못 받고 자란 아픈 상처의 기간이 있었다. 나는 한때 내 힘든 삶의 원인을 큰애 탓으로 돌렸다. 그러기에 당시 우리 모녀는 흡사 물과 기름 같았다. 딸이 마음의 문을 연 게 작년부터였기 때문에 다시 마음을 닫아버리면 어쩌나 그동안 전전긍긍했던 것이 사실이었다. 아들은 과외알바로 돈을 벌고 있다. 수학과 영어, 그리고'밤엔 아프리카 인터넷방송' MC까지 하고 있다. 아들이 알바로 번 돈을 어제 엄마 통장으로 입금해줬다. 보쌈 값도 아들이 냈다. '아들아~ 넌 엄마에게 큰 태산 같은 존재구나!' 아무튼 큰딸이 내 뜻을 헤아려 주니 마음이 편안해졌다.

아이들은 각자 개성이 독특하고 성격도 다양하다. 막내의 성격은 완벽할 정도로 좋다. 밤늦게 집에 돌아와 포천의 지미 정씨가 선물로 준 갈비 세트를 뜯더니 언니에게 준다며 갈비를 포장했다. 큰딸은 독립했다. 가끔 언니 집에 가는 막내가 언니를 챙기고 있다. 스스로가 왠지 언니에게 미안했나 보다. 막내가 갈비를 챙겨가는 동안 나는 모른척하고 TV만 봤다. 자정이 넘은 늦은 밤 막내는 자신의 방청소도 말끔히 했다. 그리곤 내게 자랑을 했다. 막내라고 엄마에게 예쁜 짓을 하는 것이었다. 나는 내심 흐뭇하면서도 대충 고개를 끄덕였다.나는 그동안 아이들을 키우면서 늘 바빴다. 배탈로 아파도 아이들은 혼자 병원에 갔고 막내가 다쳐서 3주 입원했을 때도 혼자 있었다. 되돌아보니 엄마는 늘 바쁜 가운데 애들은 자력으로 성숙해 갔던 것이다. 그렇지만 해마다 해외체험을 시켰고 귀가 시간을 엄수하라고 했다. 아무리 늦더라도 음식은 내가 손수 해주고 싶었기 때문이다.

우린 함께 대화하고 토론도 자주 했다. 그렇게 했더니 아이들의 생각이 건전해졌고 자립심 또한 상당히 강해졌다. 오늘은 아이들 모두가 집안 대청소를 돕기로 했다.

큰딸아! 엄마와의 갈등이 많이 해소된 듯해서 너무나 감사하고 사랑한다.

막내야! 속 깊은 너에게 화내서 미안해. 돈 아깝다고 오리엔테이션 안 간다는 네 말을 들었을 때 부족한 엄마는 한없이 미안하고 부끄러웠다. 가봤자 술만 마신다고 신입생 오리엔테이션에는 안 간다고 했을 때 엄마는 미안한 마음이 컸다.

언제나 가난하고 힘없는 엄마 곁에서 모두들 반듯하게 자라줘서 감사하다. 그리고 미안하다. 미안하다. 내 새끼들 모두 미안하다. 아마 이 어미는 죽을 때까지 미안할 것 같다. 넉넉하지 않은 집안 형편에 아빠도 없었고 서로 의지할 수 있는 가족들도 없이 우리끼리 살아온 시간들이 너무도 미안했다. 모든 게 미안하다. 그리고 많이 고맙다. 사랑한다. 얘들아.

박사과정을 포기했던 등록금 이야기 2

💬 　2013년 상·하반기 내 아이들 모두가 국가장학금과 교내장학금을 받았다. 큰딸은 경희사이버대학교에서 국가장학금을, 아들은 서울대학교에서 국가전액장학금을, 막내는 극동대학교에서 교내전액장학금을 받았다.

하지만 사단법인을 이끌고 가야하는 나는 경제적인 이유로 결국 박사과정을 포기하고 말았다. 그렇다고 완전히 공부를 포기하는 것은 아니다.

언젠가 때가 되고 기회를 잡으면 다시 도전할 것이다. 막내는 학과 전체장학생이 되어 엄마인 나를 기쁘게 했다. 큰딸도 직장과 학교생활이 안정되니 기쁜 일들이 연달아 일어났다.

나는 2013년도에 합격했던 박사과정을 1년 후인 2014년도 호서대 벤처대학원 박사과정에 지원했다가 낙방하고 말았다. 전년도보다 더 많은 이들이 박사과정에 몰린 듯했다. 그래서 지금은 2015년도 박사과정 입학을 기약하고 있다.

공부란 끝이 없다. 이제는 배움에 대한 갈증이 욕구를 넘어 욕망이 돼 버렸다. 뒤늦게 시작한 도적질이 날 새는 줄 모른다더니 공부에 대한 열망에 사로잡힌 내 모습이 바로 그 짝이다. 요즘 내 일상은 오로지 공부와 가족복지 뿐이다. 다른 일은 눈에 들어오지도 않는다. 뒤늦게 시작한 공부가 때로는 친구가 되고 때로는 내 애인이 되어 나를 위로해주고 있는 것이다.

아이들이 모두 학업을 무사히 완수하길 바란다. 힘없는 엄마이지만 그래도 간절함만은 가지고 있다. 다행히 애들은 건강하게 잘 성장해주었다. 하늘의 보살핌에 늘 감사한다. 그 은혜에 보답할 길은 가족복지를 위해 지금보다 더 열심히 뛰는 것밖에 없을 것이다.

그리운 내 사랑 자식들

2013년 1월 26일, 일산으로 미팅을 가면서 킨텍스 곁을 지나갔다. 내 아들이 데뷔 후 최초로 솔로콘서트를 하는 곳이었다. 지나치면서도 곁으로는 다가설 수 없는 입장인지라 그곳을 바라보며 하염없이 감사의 마음을 전했다. 첫날에는 8천 석을 꽉 채운 공연이 아름답게 마무리되었다는 연락을 받았다. 오늘이 이틀째 공연일, 멀리서 지켜만 봐야 하지만 마음만은 기쁘고 대견하다. 긴 세월 동안 수많은 시련을 겪었으면서도 훌륭하게 자란 내 아들. 그 아이의 마음속 깊은 곳에 자리하고 있는 상처와 회한은 얼마나 크고 깊을까? 그럼에도 불구하고 참 잘 성장했다. 이런 아들을 생각하며 나 역시 더욱 값진 사회활동으로 보답하고자 한다.

서로 각자 열심히 살다보면 좋은 날이 올 것이라고 믿는다. 그 과정에서 보람된 일들도 많이 있을 것이다. 그러니 아파도 아픈 내색을 하지 않고 좋은 에너지를 보내기로 마음먹었다. 그 후 나는 일에 더욱 더 정진했다.

돈은 무엇인가? 미국에서 부동산 신화를 이룩했다는 남문기 회장님의 특강이 약수동에서 있었다. 원래는 15인 정도 모이는 좌담회를 예정했는데 수백 명이 모여 성황을 이뤘다. 돈의 힘이 이렇게 크다는 말인가? 돈을 벌수 있다는 교육 앞에 사람들은 물불을 가리지 않고 몰려들었다. 남문기 회장님은 가는 곳마다 대단한 파워를 보이고 있다. 그것은 SNS의 힘이기도 하다.

남문기회장님처럼 내 아들의 인기와 평가는 사람들이 인정할 때야 비로소 넓고 깊게 형성되는 것이다. SNS 상에서 보이는 아들에 대한 안 좋은 반응과 댓글은 일절 읽지 않는다. 오히려 아들이 아파할까 염려가 앞선다. 지우개가 있다면 우리 가족의 역사를 모조리 지워버리고 싶은 마음뿐이다. 연예인도 한 인간이니 대중들이 해야 할 말과 해서는 안 될 말을 가려서 했으면 싶다. 가장 그리운 사람.

가장 보고픈 사람. 예전엔 내 아버지였다. 그리고 내 자식들이었다.

그러나 지금은 단 하나, 내 안의 나를 사랑하기로 하였다. 과거에 내 안의 나를 학대하지 않았더라면 오래 전 상처를 더 큰 아픔으로 키우는 일은 없었을 것이다. 4남매의 자식들이 너무도 훌륭하게 잘 성장한 것에 대해 나는 늘 기쁘고 감사한다.

또한 항상 미안하기만 하다. 그러기에 늘 부족한 나는 자아를 성찰하며 더 나은 인간, 더 나은 엄마로 거듭나야겠다고 매시간 다짐한다.

겨울밤의 사색

💬 　　　창가 베란다 너머로 보이는 가로등 불빛이 긴 밤을 뚫고 찾아온 여명과 이웃한 채 어둠 속에 빛나는 휴대폰 불빛과 어우러져 자판을 두드리는 소리를 멈추게 한다. 그리고 이내 고요한 새벽을 깨뜨린다.

새벽 미명에 휴대폰 불빛에 의지해 글을 쓰며, 어둠 속을 뚫고 밤새 달려온 그를 마중 나갈 준비를 한다. 그 불빛이 들어오기 전, 내 맘속에 품었던 것을 주저리주저리 써내려가는 손가락에 힘이 들어간다. 막둥이는 일본 이모네에 간지 일주일째이고 아들 녀석 얼굴을 보는 건 늘 자고 있는 모습뿐이다.

어둠 속에 갇힌 겨울밤은 길고 길다. TV를 보다가 잠이 살포시 들었다가 깨기를 수차례. 아직도 가로등 불빛 이외에는 사방이 고요하다.

문득, 낯선 이질감이 들었던 찰나의 순간들이 떠오른다. 대화 속에 존재하던 불통의 곡선들이 눈앞에 아른거린다. 그러다 잠시 거리감이 들었지만 나는 곧 공감했다.

나는 누구인가? 사단법인 대한민국가족지킴이 창시자? 복지전문가?

그 이름 뒤의 나는 누구인가?

솜씨, 마음씨, 맵씨 이 세 가지 씨앗을 갖추고자 노력해 온 여성이다. 잔 다르크같이 투쟁적이고 강인한 성향을 가진 여성이 아니라 조용히 침묵하며 뒤에서 묵묵히 존재하는 여성이고 싶었다. 지아비와 소통하는 아내이고 싶었고 자애로운 어머니이고 싶었다.

인생은 노력하지 않고서는 내 뜻대로, 내 마음대로 절대로 되지 않는다. 그러나 체험을 통한 길라잡이 역할은 가능하다는 것이다. 내가 다시 태어날 수만 있다면 내 아이들의 엄마이고 싶고 누군가의 따스한 아내이고 싶다. 그땐 아마 이혼은 생각도 하지 않을 것이다.

수많은 여성들의 불만으로 도배된 모 사이트의 글들을 보노라면 이 세상엔 작은 행복조차 보유하지 않으려는 자아 상실에 빠져 있는 허상의 존재들이 즐비하다는 걸 느낀다. 그녀들은 불만이 가득하다. 경제활동의 모든 역할을 남편 몫으로 돌리고 마구 시월드를 비난한다. 자신이 해결점을 찾고 노력하기보다는 비난과 험담만 늘어놓는 것이다.

이 시대의 아버지들인 남편들이 가엾다. 여성들의 욕구불만이 지나치게 강하게 나타나고 있다. 그녀들에게도 분명 힘없고 삶에 찌들어 있는 아버지가 있을 것이다. 과도기적 난세이다. 문화적 충돌기이다.

횡재

어제 퇴근길에 집을 눈앞에 두고 전철역에서 쏟아지는 폭우를 바라보고 있었다. 잠시 후 내 전화를 받고 아들이 우산을 들고 나왔다.

일터에서 하루 종일 신경전을 벌인 탓에 머리가 아파 일찍 잠자리에 들었다. 다음날 아침에 일어났는데도 여전히 비가 내리고 있었다. 문득 춥다는 생각에 겨울코트를 찾았으나 이상하게 한 벌도 없었다. 겨울옷이 몽땅 실종돼버린 것이다. 순간 아차 싶어 아파트 앞에 있는 세탁소로 달려가서 동호수를 댔는데 옷이 없다고 했다. 그래서 우리 애들 이름을 대니 그제야 반응이 온다. 아들 이름으로 맡겨져 있던 것이었다. 그런데 내가 기억하는 것 이상으로 겨울옷이 많았다. 해마다 주변 지인들에게 옷을 많이 주는 편이라 이미 그들에게 주었으려니 생각했던 옷들도 남아 있었다. 괜히 겨울옷 걱정을 했나보다 하며 옷 꾸러미를 한 아름 안고 집에 들어섰다. 갑자기 횡재하여 부자가 된 느낌이었다. 뿌듯한 마음으로 반코트

하나를 집어 들고 입어봤다. 잘 어울리니 기뻤다. 당연하겠지만 여자들은 옷과 화장품에 욕심이 많다. 나 역시 화장품 애호가다. 여자들은 이런 사소한 것들에서 대리만족을 느낀다. 아무튼 지난겨울에 맡긴 옷을 찾고서 엄청난 부자가 된 기분이 들었다. 산삼을 캔 듯 횡재한 느낌이었다.

아아, 오늘 하루는 행복할 것 같다.

자연이 주는 행복

 2012년 12월 7일.

이따금 길을 떠나 어디론가 다녀온 후엔 소중한 흔적이 남기 마련이다. 자연에서 새롭게 채워온 충만함이 바로 그것이다. 묵은 것들은 세월만큼이나 퇴색했어도 여전히 정겹게 느껴진다. 그리움은 가슴에 우물처럼 고여 나중에는 철철 넘쳐흐른다. 가끔은 보이지 않는 무언의 눈빛에 사로잡혀 한순간 누군가가 시리도록 그립다. 하루하루 흘러가는 시간이 아깝지만 나 역시 그것에 묶이고 마는 것을. 넘어질 듯 말 듯 종종걸음으로 버스에 올라탈 때 뒤안길을 돌아보지 않는 것은 시간이 애잔하게 흐를 때 느꼈던 그 그리움이 쫓아올까 두려워서일까? 깜짝 놀라 눈을 뜨니 아침이다. 나는 오늘 또 어떤 희망을 부여잡고 미래를 통곡할 것인가? 하루하루 가는 시간이 절박해 그저 아쉽고 안타깝기만 하다. 내 마음속 어제는 여전히 그리움에 머물러 포로가 됐다. 잔 다르크 같은 용기 있는 행동가가 아닌 나는 잔잔한 침몰로부터 조용히 빠져나왔다.

다시 어제에 머물러 모래알 같이 평화로운 존재이고 싶다. 고요한 가운데 느꼈던 평안함을 찾아 훌쩍 떠났던 그 곳에서.

언제나 자연은 내 영혼을 살찌우게 하는 에너지를 주고 있다.

세상 속 인연

하루가 도둑맞는 기분이다. 아침 일찍 비서와 함께 우리 사무실을 방문하신 존경하는 수필가 이상헌 선생님과 한 시간 동안 회동했다. 그 자리에서 한양대 스승이신 정기인 교수님 얘기가 흘러나왔는데 두 분이 30년 전 헤어진 친구 분이란 걸 알게 되어 전화를 연결해 드렸다. 일흔이 훨씬 넘어 수화기 너머로 반가워하시는 두 분의 모습에 마음이 짠했다. 선생님이 다른 곳으로 이동하신 후 타 단체의 이사장님이 오셨다. 또한 재난구호단체의 부총재님도 오셔서 함께 식사하고 차 한 잔을 하다 보니 어느덧 2시. 사무실에서 정신없이 문서와 씨름하다 보면 시간은 어느새 다 가버리니, 하루에 일 할 수 있는 시간이 딱 3시간만 더 주어지면 좋겠다. 오늘은 인연에 대하여 생각하게 됐다. 수많은 사람들을 마주하기에 서로 이해하지 못할 때는 부딪힘을 겪을 때도 있지만 서로를 이해하면 눈빛만 봐도 마음을 알 수 있다는 걸 안다. 오늘도 그런 생각에 피식 웃음이 새어나왔다. 다 내 오빠 같은 사람들이고 언니 같은 사람들인데 미워할 게 무엇일까? 두루뭉술하게 살아가면 되지.

그런데도 사람들은 억지로 갈등을 만들어 내고 그 갈등에 혹사당하며 살아간다. 어쩌면 나도 그 부류 중에 하나이기 때문에 때로는 도피처를 찾는 건지도 모른다. 까칠한 내 성격을 그나마 이해해주는 그 분들과의 인연을 참 소중하게 생각한다.

인연이란 참 묘한 인생의 함수관계 같다. 미워서 한때는 서로 전투태세였던 사람들과도 어느 날엔가는 슬며시 이웃이 됐다. 반면에 아직도 서로가 어리석어 냉전 중인 사람들도 있다.

시린 겨울이 되면 이런저런 인연들로 얽힌 사람들이 생각난다. 또 아픈 사람들을 생각하면 건강함에 감사해야겠다고 생각한다. 그저 우리는 서로서로 감사를 나누면서 살아가야 하는 것이다.

빼빼로 데이

 2012년 11월 11일.

상술이라고 생각하면서도 누군가에게 선물을 하게 되는 날. 또한 그 선물을 받으면 은근히 신세대가 되는 느낌을 갖게 되는 날. 바로 빼빼로 데이다. 그런데 아들조차 올해엔 챙겨주지 않았다. 그저 카카오톡으로 전송돼 오는 사진들⋯⋯. 온통 돈이 들어 있는 사진들뿐이다.

여자는 나이가 들어가도 여전히 감성적인 것일까? 아들조차도 챙겨주지 않는 초콜릿. 평소엔 먹지도 않는 작고 앙증맞은 것을 슈퍼에서 하나 사서 가방에 넣었다. 그런 행동이 스스로에게 위안이 될 듯싶었다.

꽃향기에 취하고 꽃다발에 감동받는 나는 아직도 열여섯 소녀의 감성이 묻어 있다. 세상에 지치고, 쓰리고 아픈 세월을 겪었으면서도 마음속 깊은 언저리에는 여전히 순수함이 가득하기에 스스로 극복하며 살아왔는지도 모른다.

상념

💬 　원고를 넘겼다. 초고를 보니 마음에 든다. 아들딸과 얘기하다가 열두시가 넘어 잠이 들었다. 일곱 시간 넘게 푹 자고 일어나니 기분이 상쾌하다.

　속세의 삶은, 점과 같이 작다. 작은 꿈에 원대한 희망을 불어넣어 커다란 타원형으로 만든다. 그것은 채우고 채워도 넘치지 않는다. 사람마다 용량이 다르겠지만.복닥복닥 소주잔을 채우기에도 급급한 것이 인생이더라.

　초봄이면 새싹에 감탄, 초여름엔 아름다운 자연에 감탄.

　7월엔 계곡물의 시원함에 감탄,

　초가을이 되니 단풍에 감탄.11월엔 떨어지는 낙엽에 한탄,

　12월엔 첫눈에 감탄,

연말엔 가는 해에 한탄하다 보니 해마다 시간의 흐름은 반복되고 세상 문제점은 구석구석 켜켜이 쌓여만 간다.

뒤돌아보면 우리나라 역사는 참 격동적이었다. 그만큼 세대 간에 문화적 갈등도 크고 이념적 차이도 크다. 청소년 낙태, 준비성 없는 중년, 높아지는 이혼율. 거짓으로 포장되어 표류하는 현대인의 자화상이다. 거기에다 자살률 1위까지. 표현할 수 없는 유가족의 고통을 본다. 드러내놓지 못한 채 겪는 아픔, 어두운 현실이다.

넘치는 열정은 평범치 못한 삶이 돼 세속과 어울리지 못하고 늘 고독하게 했다.

그래도 아침이면 창가의 햇살과 벗하며 희망을 노래했다. 외로이 힘들게 살아가면서도 늘 비관보다는 낙관이 앞섰다.

시간여행

   2012년 12월.

한 장 남은 달력이 잠시 뒤를 돌아보게 합니다. 좋은 사람들과 함께 살아가는다는 것은 참 행복한 일입니다. 그런데 그게 말처럼 쉽지 않습니다. 그럼에도 불구하고 더불어 함께한 올 한해는 참으로 행복했습니다.

고맙습니다.

남은 시간 동안 따뜻한 희망으로 가득 채워진 유종의 미를 거둬야겠지요. 지난 세월 만난 인연들을 한 분 한 분 떠올려 봅니다. 나에게 귀한 분, 나를 비난한 분. 그분들에게 나는 어떤 존재였을까요. 무언가 모자람이 있어 아쉽습니다. 가만히 행복했던 기억을 떠올립니다. 행복이란 전이되는 것 같습니다. 세상에 행복의 씨앗을 뿌려야겠습니다.

눈 내리는 거리를 잠시 걸었습니다. 오늘은 두 번 다시 오지 않겠지요.

살아오는 동안 나빴던 기억은 훌훌 털고 가겠습니다. 내일 죽더라도 희망을 심겠습니다. 생각은 늘 젊게 하겠습니다. 긍정의 힘으로 살아가겠습니다.

오늘 하루도 일이 많아 바빴습니다. 그럼에도 불구하고 감사했습니다. 일상은 늘 새로운 인연의 연속이기 때문입니다. 그래서 지루하지 않습니다.

만나는 사람들 가운데는 순수한 인연도 있습니다. 인위적이거나 기계적이 아닌. 표백제에 희석된 듯 빛바랜 인연도 이젠 낯설지 않습니다. 공허한 약속을 쉽게 하는 인연도 삶의 일부로 받아들이겠습니다. 인생에는 어차피 다양한 칼라가 존재할 수밖에 없으니까요. 그러니 내일 죽더라도 나는 지금 이 시간을 소중히 하고 사랑하겠습니다.

곰곰이 생각해보면 어떤 때는 지혜롭게 대처하지 못한 부분도 있었고 여러 가지로 부족한 점도 많았습니다.

눈 내리는 거리, 차가운 공기를 가르며 따뜻한 열정이 피어오릅니다. 눈발이 스타킹 속을 뚫어도 열정이 추위를 녹입니다. 그런 열정이 가슴속 깊은 곳에서 끓어오르고 있습니다. 그래서 행복합니다.

살아가면서 만났던 낯익은 분, 낯선 분. 벽보 속에서 잔잔한 미소를 머금고 있네요. 선거벽보를 바라보며 세상사에 바빴던 지난날을 회고해 봅니다.

선거 때면 비난과 모함이 난무합니다. 용기를 낸 후보들에게 칭찬과 격려가 필요하다고 생각합니다. 낯익은 모습이 보이는 걸 보니 선거가 얼마 남지 않았나 봅니다. 거리 곳곳마다 선거열풍이네요. 눈 내리는 아파트

정문 앞에 멈춰선 채 잠시 독백을 해봅니다.

　가는 해가 아쉽습니다. 저물어가는 안타까움에 시간을 붙들고 싶습니다. 쓸쓸한 겨울바람이 잔가지를 흩어지게 하고 차가운 겨울바람이 가슴속을 휑하게 합니다. 그래도 새해에 희망을 걸고 오늘 이 순간을 사랑하렵니다.

생선조림과 동태탕

집 앞 생선가게에서 동태 두 마리와 생고등어 4마리를 샀다. 무와 청양고추를 넣고 얼큰하게 동태탕을 끓일 것이다. 생고등어는 감자를 깔고 졸일 심산이다.

어릴 적 내 고향 충북에서는 생선이 귀해서 늘 동태찌개와 고등어자반을 먹었다. 시장을 가면 얼리거나 절인 생선뿐이었다. 어머니가 부엌에서 보글보글 끓이신 동태찌개는 화롯불에 얹어 국물을 떠먹었다. 그 기묘한 맛에 대한 추억 때문에 지금도 나는 동태찌개를 좋아한다.

텅 빈 집안, 남은 건 치킨뿐이다. 아들이 먹다 남은 걸 몇 조각 먹은 후 생선을 손질해야겠다. 두부와 청양고추를 넣고 얼큰하게 끓여서 내일 아침 울 애들에게 먹여야지. 아마도 이런 게 엄마의 행복일 게다. 자식들은 신이 주신 축복이고 하늘의 선물이다. 늘 감사하고 존귀한 존재들이다.

마음의 통증

긴 마음고생을 툭툭 털어내지 못했다. 결국 온몸이 아프다. 대인은 겉으로 드러내서는 안 된다. 그렇지만 나는 대인이 못된다. 소인이라서 감정을 드러내고 상처받은 자아를 치유하고자 한다.

어제 미팅 중에 이런 말을 했다. '상처가 많은 사람은 분노도 깊고 소외감을 크게 겪는다. 완전치유는 누구도 할 수 없다. 늘 노력할 뿐이다.' 라고. 전능하신 주님께서 수호의 강한 에너지를 주셨기에 어제의 분노를 삭일 수 있었다.

그런데 자고 일어나니 온몸이 경직돼 견딜 수 없을 정도로 아프다. 심한 스트레스 때문인가? 오늘 일정을 뒤로 미루고 물리치료부터 해야 할 듯하다. 역시 스트레스가 근원이다.

밤새 평화라는 단어와 씨름했다. 남자들에게 주어진 특권이 많은 사회 속에서 살아가고 있다. 이런 환경에 적응하기 위해 끊임없이 노력하는 중이다. 언제쯤 양성평등 사회가 도래할 것인가? 참으로 어렵다는 것을 실감한다.

사회적 혜택을 받은 사람들은 그것을 당연시 여긴다. 그러나 베풂과 나눔을 받아들일 때도 배려가 필요하다. 복지, 그리고 선별적이든 보편적이든 양쪽 다 장단점이 있고 허점도 있다. 진정한 평화란 무엇인가? 진정 국가가 해야 할 일에 내가 뛰어들고 있는 것일까? 나는 무엇을 얻고자 이렇게 열정을 쏟고 있는 것인가?

이유는 단 한 가지뿐이다.

내가 겪었던 이혼의 상처가 네 자녀들에게 아픔으로 전가됐다. 가난해서 배우지 못했고 무지해서 선택할 수밖에 없었던 20대 때 이혼이었다. 그런 회한이 남아 마흔이 넘은 나이에 사회복지학을 공부하게 되었다. 정열적으로 공부했고 석사학위도 취득했다. 이렇게 해서 나는 가족지킴이로 나서게 됐다. 우리 사회 전반에서 일어나는 가족해체를 더 이상은 볼수 없었기 때문이었다. 타인의 불행을 그냥 두고 볼 수만은 없었다.

시리고 아픈 심정을 어느 누가 감히 알 수 있겠는가?

아무리 강한 척해도 여성은 약하다. 그러나 엄마는 강하다. 자식문제에서만큼은 초인적인 힘이 나타난다. 나는 자식이란 큰 선물을 등에 업고 사회에서 소외된 애들에게 그늘이 되고 싶다.

나는 자아비판을 자주 한다. 내 속에 용트림치는 욕심도 스스로 버리곤 한다. 대통령이든 거지든 인권은 동등하게 타고 난 것이다. 사고를 전환하면 모두가 행복할 수 있다. 그러니 누구나 존중받을 수 있는 귀한 사람이라 여겨야 한다.

행복해지고 싶은 나는 오로지 그것을 위해 뛸 뿐이다.
그것은 바로 과거청산이다.

내 아이들은 각자 개성이 뚜렷하다. 똑똑하게 잘 성장했다. 그러나 함께하지 못해 아이들에게 늘 미안했다. 그들이 아픈 만큼 어미인 내 가슴속은 치유할 수 없는 외로움의 상흔으로 깊어갔다.

이혼을 예방하는 일은 누군가는 해야 할 일이다. 애들을 제대로 양육하지 못한 어미의 잘못에 대해 용서를 구하고 싶었다. 그 반성의 산물이 바로 '행복한 가정 만들기 가족지킴이'인 것이다. 그런데 사회를 살아가다 보면 사소한 문제에도 쉽게 무너지고 만다. 때로는 모든 걸 체념하고 싶을 때도 있다.

삼십대 중반부터 홀로 세상과 맞서며 최선을 다했건만 돌아오는 것은 늘 냉대와 조롱 섞인 시선들이었다. 그때마다 나는 좌절감을 느끼고 눈물을 흘려야 했다. 모든 것을 내려놓은 채 세상과 이별하고 싶었다. 그때는 그게 가장 쉬운 삶 같았다.

자살예방교육시간이 되면 나는 당시에 내가 느낀 심정을 고스란히 얘기한다. 이런 아픔을 경험한 사람들은 누구나 수긍한다.

흔히 자살의 반대말은 '살기'라고 한다. 아무리 어려운 삶도 주위의 격려가 함께한다면 능히 극복할 수 있을 것이다. 모든 사람은 평온한 삶의 주인공이 될 자격이 있다. 무심코 던진 돌멩이에 개구리가 맞아 죽듯이, 생각 없이 던진 비난은 당사자를 시리고 아프게 한다. 나를 낳은 엄마와 배다른 형제의 외면, 내 진심을 모르고 비난했던 사람들, 이유 없는 반항만 일삼던 큰애들, 나는 그들에 대한 미움을 갖지 않으려고 부단히 노력했다. '이 또한 지나가리라'라는 생각을 하며 세월의 흐름에 맡겼다. 그야말로 엄청난 노력을 기울였던 것이다.

밤새 '평화'란 단어를 수백 번 썼다 지웠다.
'주님, 제게 마음의 평안을 주시옵소서!'
부디 마음의 통증이 기쁨으로 승화되길 기도했다.

탓이란 핑계

 원가족의 아픔에 대한 독백을 하는 아침이다.

몇 년 전 토론회 때 한 상담자로부터 문자가 왔다. 늘 하던 대로 심란하고 우울한 내용이었다. 그래서 처음엔 달래주는 답장을 보냈다. 발제한 교수님이 나를 응시하며 계속 말씀하시기에 눈치가 보여 식은땀이 나기 시작했다. 그런데 얼마 안 가 폭탄선언의 문자가 왔다. 죽음을 암시하는 내용이었다.

심장이 멎는 듯했다. 나의 표정은 굳어질 수밖에 없었다. 놀란 마음에 상담자를 달래보려 했지만 계속 부정적인 문자가 도착했다. 원래 전화나 문자로 상담을 받다 보면 가슴이 철렁할 때가 많지만 이번 경우는 많이 당황스러웠다. 토론을 마치고 나는 다시 상담자에게 연락을 취했다. 그러나 전화를 받지 않았다.

몇 번 통화를 시도한 끝에 간신히 연결이 되었을 때 상담자는 가족들을 탓하며 울고 있었다. 그러나 나중에 알아 본 가족들의 생각은 이와 확연히 달랐다. 그 사람 혼자만의 부정적인 가치관 때문에 생긴 문제였던 것이다. 오히려 상담자로 인해 다른 가족들이 피해를 겪고 있는 상황이었다.

내가 아무리 용기를 주어도 그는 습관적으로 죽고 싶단 말을 반복했다. 그를 위해 긴 세월 동안 무료로 상담해주었던 나 자신이 무능하다는 생각이 들었다. 그의 가족들은 이미 포기상태였다. 그러나 결국엔 그의 눈물과 반성으로 사건이 마무리되었다. 그는 가족구성원들에게 이렇게 피해를 입히면서도 정작 자신은 노력조차 하지 않았다. 그러면서 항상 '남탓'만 해온 것이다. 그런 그가 늘 안쓰러웠다.

예수님도 가까운 사람들로부터는 인정을 받지 못했다. 본인이 가족들로부터 냉대를 받고 외면을 당했다면 먼저 스스로를 되돌아봐야 할 것이다.

나는 우리 사회가 구성원 간의 '관계'를 소중히 여겼으면 좋겠다. 한 가족관계일지라도! 그러나 원가족과 같이 불가피한 갈등 속에서 아픔을 겪는 사람들의 현실은 쉽게 변하지 않는다. 그래서 사람들은 이런 문제를 벗어나기 위해 툭툭 털고 사는 법을 얘기한다.

정신과 의사 이나미 씨가 쓴 책 '때론 나도 미치고 싶다'에서 밝힌 내용처럼 나도 어떤 때는 정체성의 혼란을 겪는다. 사람은 누구나 웃고 우는 양면성이 있다. 겉과 속이 다른 것처럼. 바로 이런 것이 현대인의 피할 수 없는 고통이라면 나는 자존감을 살리는데 시간을 투자하고 싶다. 누구를 탓하기보다는 말이다.

난항

가끔 헤아릴 수 없는 기쁨과 좌절을 동시에 맛본다. 일상에서 바이오리듬이 상승곡선을 그릴 때.

어느 해던가 직장 내에서 받은 스트레스 때문에 남의 차바퀴를 걷어찬 적이 있다. 동시에 얌전히 세워져 있던 차에서 경보음이 울렸다. 순간 나는 겁을 먹고 줄행랑을 쳤다. 웃음도 나고 두려움도 생겼다. 무슨 죄를 저지른 것도 아닌데 내 자신이 한심스러웠다. 그 뒤론 어떤 화가 나더라도 남의 차를 걷어차는 행동은 하지 않았다.

나이가 들어 곰곰이 생각해보니 취미가 없어도 너무 없다. 거의 일중독 수준으로 아까운 청춘을 다 허비하고 말았다. 남들처럼 등산도 안 다니고 고스톱도 칠 줄 모른다. 게임은 아무리 봐도 도통 뭐가 뭔지 모르겠다. 춤은 아무리 가르쳐줘도 몸치라서 나와는 거리가 있다. 재주라고는 글을 쓰고 책을 읽고 공부를 하며 조직체계를 만들고 컴퓨터 자판과 씨름하는 것뿐이다.

뒤늦게 커피를 배워 커피전문점(쓰디 쓴 물을 왜 돈 내고 마시는지 아까워서 못 가던 곳이다)에서 사흘 동안 커피를 마셨다. 타인 위주의 스케줄과 행사 진행에 얽매인 나를 사랑해보려 한 것이다. 커피 향에 취하여 여러 생각을 해보게 되었다. 나를 사랑하지 않는 나에 대하여. 또는 내가 원하는 삶에 대해서. 하지만 돈이 아깝다는 생각에 바로 포기하고 말았다. 론다 번의 시크릿을 읽고도 내 자신을 소중하게 여기지 않고 힘들 땐 학대부터 하고 있었다.

새벽 네 시가 다가오는 시각, 어둠 속에서 침묵한 채 자아를 성찰한다. 산만하고 성급했다. 감정을 자제하지 못했다. 가끔 아이들과의 관계가 힘들 때면 일이 환영으로 다가와 나를 옥죄었다. 툭툭 털고 싶은데 정작 내 자아는 그렇지 못했다.

잠재의식에 사로잡힌 고통이여!

나는 그 고통을 털기 위해 스스로 기도하며 자책했다. 더불어 참회하고 반성하는 시간을 가졌다.

'오, 주여! 당신이 얼마나 나를 사랑하시기에 고통의 끝을 보여주지 않으십니까? 이 고통을 이기고 앞으로 나아갈 수 있게 힘을 주셔서 감사드립니다.'

막내와의 데이트

집 청소를 대충 마치고 막내랑 집 근처에 있는 우동 전문점에서 사누끼 우동 한 그릇씩을 먹은 다음 바로 옆의 커피전문점에 갔다.

우리 막내는 커피전문점이 처음이라며 그동안 가보고 싶었다고 했다. 하지만 한 번 마셔보곤 '맛없어'라고 냉정한 평가를 내린다. 다만 카페 분위기는 좋았는지 연신 행복한 표정을 지었다. 그리고 다른 자리의 젊은 이들과 마찬가지로 스마트폰에 빠져 들었다. 화면에 몰두한 표정이 귀여웠다.

막둥이와 커피 데이트를 마친 후 삼겹살을 구워 맛나게 먹었다. 밖에서 강아지가 노는 걸 보고 귀엽다고 하기에 '엄마는 네가 더 귀여워'라고 했더니 피식 웃는다.

내 자식들은 늘 밝은 표정에 인사성도 좋다. 또한 매사에도 긍정적이다. 꼭 내 애들이라서가 아니라 자녀들에 대한 내 기대치를 충족시켜주기 때문에 더없이 기쁘고 행복한 것이다.

어젯밤엔 아들이 알바를 해서 모은 돈 30만 원을 턱 하니 내놓았다. 그러면서 "만 원은 뭐 사먹었어요. 29만 원이예요."라고 했다. 아들에게 기특하면서도 미안한 생각이 들었다. 그날 밤 아이들과 침대에 누워 도란도란 얘기를 나눴다. 우리 아이들은 잘 살 것 같다는 좋은 예감이 든다. 긍정적인 성격에 자립심까지 높기 때문이다.

얼마 전에는 또 귀가하니 막둥이가 집 옆에 개장한 횟집에서 회를 먹고 싶다고 졸랐다. 다음날 새벽이면 워크숍 때문에 거제도에 가야 했었기에 막내의 요청이 그리 달갑지만은 않았다. 그러나 자식의 애절한 눈빛에 나는 결국 백기를 들고 횟집으로 갔다. 밑반찬으로 나온 꽁치를 발라 엄마 입에 넣어주는 막내의 마음씀씀이에 감동했다. 새로 나온 내 책을 보여줬더니 엄마가 자랑스럽다고 했다. 실은 책을 내는 기쁨도 자식을 낳는 기쁨 못지않았다. 그래서인지 딸의 칭찬을 들으니 더욱 더 기뻤다.

나는 그렇게 젊은 대학생들의 축제에서 어린 딸과 심야데이트를 즐겼다. 행복한 밤이었다.

살며 생각하며

하루에 360쌍이 이혼한다. 자녀들까지 계산하면 날마다 1,440명이 갈등과 고통 속으로 들어가는 꼴이다.

나는 이미 오래 전에 이혼의 아픔을 겪었다. 그래서 편모 가정의 가장으로 살아가면서 쌓인 경험을 비슷한 처지에 놓인 분들과 나누고 싶다. 보통은 이혼 후에 자녀들에게까지 이어지는 가족해체의 후유증이 세습화가 될 수 있음을 모른 채 살아간다. 그런데다 재혼 후 새롭게 형성된 가정은 알게 모르게 원 가계로부터 영향을 받는다. 서로 성장과정이 달라 가족문화에서 차이가 나게 되면 그만큼 불화가 발생하기 쉬워지는 것이다.

내 자녀에 대한 사랑이 그들을 위한 것일까, 아니면 내 욕구를 충족하기 위한 것일까? 부모의 이기심을 버려야겠다는 생각을 해본다.

살다보면 내게 정신적·육체적 고통을 가한 사람들을 미워할 때가 있다. 심한 말로 죽이고 싶을 만큼. 특히 이혼 후 홀로 자녀를 양육해야 하는 엄마의 고통은 이루 말로 다할 수 없다. 경제문제와 더불어 사회의 편견과 맞서 싸워야 하니.

많은 사람들은 각자 종교를 갖고 있다. 또한 종교에 따른 다양한 가치관을 갖고 있다. 종교가 다르고 가치관이 다르더라도 '선'을 향한 믿음은 동일할 것이다. 나는 각자가 자신의 가치관에 따라 참되게 사는 것이 종교의 가르침이라 생각한다. 이를 본받아 가정과 사회의 거울이 돼야 할 것이다.

그런데 어떤 사람들은 타 종교를 비난하고 비방하는 데 열을 올린다. 또한 자기 종교를 타인에게 강요하기도 한다. 음식에도 각 나라마다 고유한 맛이 있다.

우리 민족이 된장찌개를 좋아하듯이 서양인들은 양식, 인도인들은 카레라이스를 좋아한다. 각기 자기 나라 음식을 최고로 여길 것이다. 그러니 타인이 가진 종교를 존중하는 마음을 가져야 할 것이다.

종교에 대한 욕심이 지나쳐 집착까지 하게 되는 건 죽음을 체험하지 못한 상태에서 느끼는 죽음에 대한 두려움 때문일 것이다. 나는 사후세계를 관통하는 선과 악의 존재를 믿고 싶다. 그래서 바르고 선하게 살기 위해 애쓰고 있는 것이다.

어릴 때 카세트를 갖고 싶었던 적이 있었다. 그런데 얼마 후 오디오가

출시됐다. 이에 오디오에 눈이 가기 시작했다. 그렇게 염원했던 카세트가 어느 순간 쓰레기로 전락하고 만 것이다. 인간의 본능이란 그렇다. 열심히 노력해 탐나는 물건을 소유하고 나면 또 다른 물건에 욕심이 생기게 된다.

우리가 마시는 물도 종류가 다양하다. 그 물 속에는 어떤 성분이 들어 있을까? 당신은 천연자연 속의 계곡물에서 청량감을 느낄 수 있었는가? 그 물은 시원할 수도 있고 독이 될 수도 있다. 소가 마신 물은 우유가 돼 나오지만 뱀이 먹는 물은 독이 돼 인간을 해칠 수 있다. 우리가 마시는 물은 어떠한가?

마찬가지로 가족구성원의 개성이나 성향도 다양하게 존재한다. 구름이 온 천하를 거느린다고 하여 구름을 숭배하는 사람이 있을 것이고 바람이 세고 시원하다면 바람을 숭배하는 자연주의자들도 있을 것이다.

물론 내 가슴속에는 늘 창조주가 자리를 잡고 있다. 창조주가 바라는 근본원칙과 보편적 가치를 실천하는 가운데 나눔과 베풂을 행한다면 모든 가족이 행복할 것이다. 나는 그렇게 믿는다.

잿더미 마음

창문 너머 건조대에 걸린 빨래 그림자 사이로 스며든 가로 등 불빛이 은은하다. 천상을 넘나드는 시간은 여지없는 크고 작은 흔적 들을 남기고 지나간다.

가슴속 깊은 곳에 자리하고 있는 우물은 새까맣게 타버려 딱딱한 숯덩 이가 돼버렸다. 보고 싶은 이도 그리운 벗도 없으니 즐거운 일도 기쁨 일 도 다 무용지물이구나.

바쁜 일정을 망아지처럼 뛰어다니다 보면 어느 새 한밤중이 되고 만다. 늘 가슴속에 사그라지지 않는 불씨가 활화산이 되어 용광로에 남겨 진 건 재 무덤뿐이구나. 버리고 버려도 여전히 잿빛이다.

울 엄니가 밤늦도록 할머니의 인조저고리를 놓고 다림질했던 화로인두처럼 시간을 인두질하듯 다스리려 했지만 청춘은 몸살을 앓듯 지나갔다. 애써 초연하려 해도 가슴 한쪽은 폐허처럼 황량하다. 유령처럼 살아가야 하는 나는 어디에 있는 누구이던가?

온라인상에 도배된 사람들의 살아가는 흔적들. 어떤 이들에겐 즐거운 일이 가득한데 나는 여전히 어둠 속을 헤매고 있다. 어떻게 해야 이 난국을 극복할 수 있을까?

사흘을 죽도록 앓다가 깨어났다. 덜 익은 내 자신, 아픈 만큼 성숙해졌나? 아픔은 세상을 다시 보게 한다. 더 크고 열린 마음으로.

큰딸과의 데이트

어제 퇴근 후 근처에 사는 큰딸 자취집에 들렀다. 밑반찬을 갖다 주면서 캔맥주에 소주 한 병을 같이 마셨다. 모녀가 술을 마시며 도란도란 이야기하다가 함께 잠이 들었다.

큰애는 자기 전에 어린 시절 얘기를 꺼냈다. 엄마 역할을 제대로 하지 못했던 그때의 얘기에 나는 긍정도 부정도 할 수 없었다. 그저 함께하지 못해 미안했다. 아마 내 생모도 늘 그런 마음이었을 게다. 나 역시 친엄마를 만나면 그렇게 했으니까. 당신 입장에서 뼈에 사무치도록 보고 싶었던 친딸이었지만 만나면 참으로 힘들었을 것이다. 당신과 함께한 시간이 없으니 친모에 관한 추억도 없다.

큰딸은 두뇌가 명석하다. 그리고 지혜로운 아이다. 그런 큰딸이 내겐 여전히 어린아이처럼 느껴진다. 성장기 10년을 떨어져 지냈기 때문이리라.

그래서 아프다.

곱고 바르게 자란 큰딸과 함께한지도 벌써 15년이 다 돼 간다. 그동안 갈등과 다툼 속에서도 세월이 약이 돼 서로 정이 두터워졌다. 큰딸은 큰 병원에서 회계담당 주임으로 근무하고 있다. 전문가로 잘 성장한 큰딸이 고맙다.

같은 침대에서 곁에 누워 잠자는 큰딸의 모습을 보니 코끝이 시큰해지며 눈물이 차오른다. 안쓰럽고 애틋한 내 딸… 마음고생이 심했을 내 딸……. 딸아이의 체취가 고왔다. 사랑한다. 내 딸아.

하지만 몇 시간 자지 못하고 새벽녘에 일찍 집으로 돌아왔다. 왠지 모르게 낯선 느낌이 든 건 왜였을까.

아침 일찍 시장을 보러갔다. 알타리무 세 단과 두부, 야채 등을 샀다. 어제 오전엔 견과류를 비롯해 쇠고기 장조림, 콩잎장아찌, 멸치볶음 등 정신없이 밑반찬을 만들었다. 그리고 오늘 오전에 다시 반찬을 만들었다. 양파 피클을 담그기 위해 간장과 식초와 설탕으로 배합된 소스를 달였다. 특히 건강쌈장은 기가 막히도록 맛있었다.

집에서 담근 된장에 두부를 으깨 넣은 후 백두 콩을 삶아 함께 넣었다. 그리고 견과류를 넣고 매실효소도 넣으니 맛이 부드럽고 짜지 않으며 고소한 맛이 났다.

오후에 있을 강의에 다녀온 뒤 저녁에는 알타리 김치를 담그고 새벽녘이 되어서야 일을 끝마쳤다. 호박과 아욱, 오이 등 일주일 동안 먹을 야채를 다 사다 놓아 냉장고 안이 풍성해지니 기쁘다.

준비하는 미래 가족

💬　　출근길에 바쁘게 걷는데 앞에서 어느 할머니께서 미니 유
모차를 밀고 가셨다. 허리가 구부정하고 다리는 휘었다. 마치 가까운 미
래의 나를 보는 듯했다.

이틀 동안 김치를 담그고 집안 대청소에 이불과 커튼까지 빨았더니 몇
년 전에 수술했던 허리통증이 다시 시작되었다. 앉았다 일어설 때마다 허
리통증이 엄습했다.

무릎수술까지 했던 터라 내 노년의 모습은 아마 그 할머니 모습 그대
로일 것이다.

우리는 현실의 내 모습에만 치중하는 경향이 많다. 미래가 어떻게 될지
예측하거나 준비하는 데 소홀하다. 해마다 각 보험사마다 은퇴를 대비한
노후설계에 열을 올리고 있다. 10여 년 전부터 다양한 연금보험을 개발

해 홍보하고 있는 것이다. 그러나 미래의 다양한 가족 형태별 대안을 준비하거나 홍보하지 않고 있다. 미래의 가족구성은 어떻게 변해 있을까?

지금 청소년이 장년이 됐을 때 우리 사회는 또 얼마나 달라져 있을까?

하루가 다르게 정책이 변화한다. 각종 단체와 부처에서 다양한 콘텐츠가 개발되고 있다. 그런데 가장 근본적인 가족형태에 대해서는 신경을 덜 쓰는 것 같다.

앞으로 20년 후의 우리 사회를 한번 생각해보자. 고령사회를 대비하지 못해'가족'이란 울타리가 해체될지도 모르겠다. 어쩌면 미래 사회의 모습은 오늘 아침 부천 중동역 앞을 지나던 그 할머니와 같을지 모른다. 쉰 중반에 허리와 다리 통증을 안고 살아가야 하는 신세. 그러면서 점차 육신은 노쇠해질 것이다.

늙음에 대비하지 못한 것이 이 아침을 서글프게 한다.

섬기는 마음

마음속에 섬기는 교육자 한 분이 계십니다. 안타깝게도 그 분은 현재 자유롭지 못합니다. 그러나 그분은 학교 재직시절 학생들에게 새로운 체험교육을 도입했습니다.

신입생 전원을 해외봉사활동에 파견한 것입니다. 모든 학생들이 초중고에서 입시에 사로잡혀 그릇이 작은 사람이 되지 않도록 했던 것입니다.

그는 학생들에게 사람답게 사는 법, 사람을 이해하고 사랑을 나누는 법을 몸소 터득하게 했습니다. 자신의 부족한 부분과 앞으로 해야 할 일을 정리해 볼 기회를 가져야 한다고 강조하기도 했습니다. 또한 그분은 "우리가 교육을 받는 이유는 단순히 먹고 살기 위한 것만이 아닙니다. 우리는 인간답게 모든 이들과 더불어 소통하며 살아가야 합니다. 여러분들의 따뜻한 마음으로 우리나라의 발전을 위해 얼마나 많은 분들이 노력해 왔는지 생각해보기를 바랍니다. 그리고 우리는 무엇을 준비해야 할지 고민해야 합니다. 우리 앞에 어려움이 닥친다면 이 나라를 위해 무엇을 감당해야 할지 결단하기를 바랍니다. 대학이라는 상아탑에서 더 큰 꿈에 도전하기 바랍니다. 학생 여러분이 세상의 편견을 깨고 당당하게 인생을 즐기며 더 커진 나를 만들어가기 바랍니다. 이 길에 먼저 배움의 즐거움을 공유하기를 바랍니다."라고 하셨습니다.

저는 그분의 교육에 대한 생각과 추진력에서 진한 감동을 받았습니다. 더불어 푸근한 인간미를 느꼈습니다.

사람은 본인의 의지와 달리 사회 환경이나 조직 구성원들의 영향을 받기도 합니다. 그리고 이러한 과정에서 때때로 오해를 사기도 합니다. 어떤 사람은 혼자 고뇌하며 억울함을 짊어지고 갑니다. 하늘이 알고 땅이 아는 만큼 진실이 밝혀져 아픈 사람이 없도록 해야 할 것입니다. 그래서 저는 항상 그분을 위해 기도드립니다. 그리고 더 큰 일꾼이 되시리라 믿습니다. 그분의 정신을 이해하기 때문입니다.

요즘은 유명인이 언론이 주도하는 여론에 밀려 세상의 뒤편으로 사라져가는 현상이 종종 일어나곤 합니다. 정치인, 사회 활동가, 연예인 등.
그분들이 그렇게 된 동기는 무엇일까요?
아니 그 전에 정의란 무엇일까요?

'탄생'이란 이름 속에는 출산의 고통과 희열이 함축돼 있습니다. 그런데 저 분들은 뭇사람들로부터 이유 없는 비난과 공격에 시달리면서 유소년,

청장년, 노년을 거칠 것입니다.

저는 탄생 그 자체가 평생 축복이었으면 좋겠습니다. 간혹 쓸모없는 듯했던 불모지가 산업단지로 거듭나는 경우가 있습니다. 우리 주변에도 지금은 형편없을지 몰라도 먼 훗날 괜찮은 재목으로 성장할 인재가 사장돼 있는지 모릅니다. 가끔은 돌아봐야 할 것입니다.

나이가 들어가면서 '맑은 물에 고기가 살지 않는다.'라는 말을 실감합니다. 그럴듯한 자리에 앉아 많은 재물을 소유했다고 해서 그분들이 전부 우리 사회의 지도층일까요? 전 그렇지 않다고 봅니다. 저는 맑은 물에서 살 법한 맑고 깨끗한 분을 섬깁니다. 그분들의 뜻을 존중하며 그런 분들이 우리 사회에 많아졌으면 좋겠습니다.

오늘도 나는 그분께 독백하듯 늘어놓은 소소한 일상이 담긴 인터넷 서신을 보냈습니다. 세상 밖의 일들을 전하여 그 분과 희망을 나누며 소통하고 싶었습니다. 그분이 지금보다 자유로워지고 사회의 물결 속에서 그분의 진정성이 발휘되어 교육계에 신선한 바람이 일었으면 좋겠습니다.

그분이 진심으로 행복했으면 좋겠다는 기원을 드려봅니다.

삶의 시선

다섯 살 때 할아버지께서 뇌출혈로 돌아가셨다. 늘 북적대던 우리 집안은 오랜 기간 장례를 치르느라 사람들이 많았던 걸로 기억하고 있다.

처음으로 무서움과 두려움을 겪은 것은 대문간 근처에 있던 재래식 화장실 때문이었다. 할아버지께서 용변을 보시다가 뇌출혈로 쓰러져 돌아가셨기 때문에 나는 그 화장실을 쓰지를 못하고 두려움의 장소로 기억했던 것이다.

국민학교 시절이었다. 무언지 모르지만 아주머니들과 어머니가 나만 보면 수군거렸다. 그래도 엄마가 입은 행주치마에서는 늘 반찬 냄새가 진하게 배어 있었고 수세미 같은 엄마의 손등으로 나의 등어리를 긁어주시면 시원해서 웃음이 났다. 그런 유년기 때 추억들이 내게는 더없이 소중하고 아름답다.

어떨 때는 부지깽이로 많이 맞기도 했었지만 늘 그러려니 했었다. 하지만 국민학교 5학년 때 담임선생님을 통하여 엄마가 친어머니가 아니란 걸 알았을 때는 엄청난 충격에 휩싸였다. 마치 회오리바람이 나를 뒤덮는 듯했다.

나는 그때부터 방황을 하게 되었다. 그래서 중학교 시절의 사춘기를 암울하게 보내게 되었다. 참으로 우울했던 나는 손과 눈으로 책만 읽으며 시간들을 보냈다. 그때 읽은 책들은 훗날 나의 생을 지배하게 되었다.

진저리나게 외로웠던 시간들이었다. 그리고 어느 누구도 채워줄 수 없는 시간들이었다.

5월이면 화사했던 장미군단과 아카시아 향기들……. 그 향기 속에서 늘 나는 글을 썼다. 어린 나이에 우울하고 염세적인 글로 죽음과 파괴와 증오를 그려가며 자학을 하고 있었다. 한때는 아버지를 경멸하며 왜 내게 배다른 형제들을 존재케 했는지에 대하여 심한 반감을 가지기도 했다.

그런 아버지가 고등학교 1학년 때 중풍으로 쓰러지셨다. 그리고 나는 학교를 포기해야 했다.

"계집애가 중학교까지 다녔으면 됐지 더 배워서 뭐하겠느냐!"

라고 하며 등록금을 주지 않았던 어머니는 나를 앞세워 학교에 찾아가 자퇴를 시키셨다. 내 위로 배다른 형제들은 나를 거두어 주지 않았고 나는 아버지의 간병과 생계를 책임 져야 하는 묘한 인생의 길에 들어서게 되었다.

고향에서는 꽤나 부자였던 우리 집안은 아버지가 면 의원을 지내시며 오랜 야당생활을 하셨고 삼성약방과 방앗간을 운영했다. 하지만 아버지의 빚보증으로 인해 무참하게 몰락으로 치달았고 나는 난생 처음 가난을 체험하며 청소년기를 맞이해야 했다. 수학여행은 한 번도 가지 못했고 소풍 때도 도시락을 싸간 적이 없었다. 어머니는 그런 날일수록 더욱 냉정해지셨다.

하지만 어머니가 왜 내게 그렇게 냉정했는지를 훗날 이해할 수 있었다. 어머니의 삶속에서는 나는 절대로 용서할 수 없는 존재였던 것이다. 아버지 근처에만 있어도 나는 알 수 없는 증오로 무장한 어머니에게 꼬집힘을 당해야 했다. 그런 어머니를 안고 이해하게 된 것은 어머니의 한풀이 단어에서였다.

우리 어머니는 많이 외로우셨다. 꼿꼿하신 할머니의 모진 시집살이와 친정의 부재로 겪는 어머니의 인간적인 외로움을 나는 열여섯 살에 수용하게 되었다. 그러나 친엄마가 따로 계시다는 사실 하나만으로 얼굴도 모르는 그녀를 깊게 흠모하며 내안에 또 다른 세상을 만들어 가게 된다.

친엄마를 만난 것은 스물세 살 때였다. 그러나 엄마는 내가 찾아갔을 때 무참히 무시하며 외면했다. 다시는 찾아오지 말라고 했다. 내 나이가 마흔이 넘을 때까지 장장 20년 동안 엄마라고 애원하며 찾아갔지만 밥 한 끼도 제대로 챙겨주지 않은 채 당장 돌아가라고 소리를 질러댔다.

이혼을 하고도, 아이가 죽었을 때도, 대수술을 받았을 때도, 친엄마는 냉정하게 무시했고 나를 귀찮아했다. 길러주신 어머니 역시 항상 노년의 하소연을 털어놓으시며 자식들에 대한 서운함과 일찍 돌아가신 아버지에 대한 짙은 그리움을 드러내셨다. 특히 어머니는 내 친엄마에 대한 이야기에 많은 분노와 불편함을 갖고 계셨다. 나는 매번 그 불편함에 또 다른 불편을 동시에 느껴야 했다. 나를 거부하는 친엄마로 인한 마음의 상처 때문에 고통으로 얼룩진 청춘에 자살기도를 네 번이나 했고 참 많이도 아파했다.

결혼이라는 현실 앞에서 남편이란 사람은 아파하는 나의 입장을 헤아려주지 못했다. 그것은 내게 또 다른 상처였고 나는 나의 상처를 혼자 보듬어야 했다. 그리고 개인의 고통이 용인되지 않는 삶의 무게에 죽을 듯이 아파했다.

그렇게 찰나처럼 결혼이란 단어는 지나갔다. 내 생애 결혼생활은 8년이 채 되지 못했다. 사랑을 받지 못했으니 주는 법도 몰랐던 것이다. 굳게 닫혀버린 마음의 문은 늘 차가운 빙하기 같았다.

나는 나를 길러주신 어머니를 깊이 사랑했다. 아버지께는 너무도 단정한 아내였고 사회에 모범적인 현모양처였기에 길러주신 내 어머니를 진심으로 존경하고 사랑했다.

그 어머니가 2006년도 돌아가시기 이틀 전의 일이다.

여든 여섯의 연세에 부쩍 마르신 어머니 곁에 누워 팔베개를 하고 끌어안으니 엄마가 귀찮고 아프다며 돌아누우신다. 그 뒷모습이 아버지 곁을 따라간 어머니의 마지막 모습이었다. 어머니는 안쓰러울 정도로 왜소해진 체구에 키도 줄어든 채로 그렇게 떠나셨다.

돌아가신 어머니와 함께한 세월에 길들여져 반백이상 살아온 나는 어머니의 음식솜씨를 그대로 이어받아 그 맛을 똑같이 내고 있다.

나는 어머니의 빈자리를 차마 친어머니로 채워드릴 수가 없었다. 어느 날은 너무 힘에 겨워 해가 지고 난 어두운 저녁 무렵에 부모님이 합장해 계시는 고향의 천주교 공원묘지에 가서 짐승처럼 포효하고 울었던 적이 있었다.

지나가는 이가 들었다면 소름끼쳤을 울음이었다. 세상 사람들의 잣대로 나를 평가하고 말질들을 해댈 때 나는 홀로 이를 악물고 이겨내며 세상과 부딪히는 가장으로서, 아이들의 엄마로서, 그리고 사회인으로서 살아야 했다.

두 분은 내게 유일하게 사랑을 준 분들이기에 더 애틋했다. 이 세상에 남아있는 모든 이들이 내게는 오히려 차가운 빙하기 시대 사람들 같았다.

한 달이면 두어 차례씩 부모님 묘소에서 막걸리를 따라놓고 넋두리를 하던 막둥이가 언젠가는 그분들 곁으로 갈 것을 알기에 인생의 쉼터 같은 정거장이라고 생각하며 들르는 고향이었다. 형제들도 각기 마음이 멀어 타인 같은 텅 빈 혈연관계가 되어버렸다. 고향사람이라면 내 혈육 같은 진실을 털어놓고 마음을 열었는지도 모른다.

스물세 살의 나이에 나를 낳고 백일이 되던 날 떠났던 친어머니가 어느 날 내게 그런 말을 했다.

"네가 뱃속에 생겼을 때 낙태시키려고 독약도 다량 먹고 응급실에 실려가고 간장도 먹어보고 뛰어내리기도 했는데 끈질기게 살아나더라. 그렇게 끈질기게 태어난 네가 소름끼치게 정도 안가고 싫었다. 그래서 사실 네게는 전혀 마음이 안 생기더라!"

그 말을 듣고 하염없이 울었다. 그래서 내가 가족 복이 없었구나, 하고 현실을 개탄하며 짐승처럼 꺼이꺼이 울었다. 하긴 백일날 핏덩이를 두고 가셨으니 무슨 기억이나 있을까 싶기도 하다.

외롭고 쓸쓸한 인생길에 천사 같은 아이들이 태어났고 이젠 연인 같은 내 아이들이 나의 울타리가 되어주고 있다. 나의 외로운 삶의 여정을 내 아이들에게는 절대 물려주기 싫어 정말 악착같이 세상과 교류하며 살아왔다.

친어머니는 서른이 넘어 아버지 같이 나이차가 나는 사람에게 시집가서 38년을 병든 남편과 그 남편의 전처 자식들을 키우며 존경받는 어머니로 살아왔다. 그런데 그분의 남편이 돌아가신 후, 존경한다던 전처 자식들은 (물론 나이들은 60가량) 어머니를 단숨에 내쫓았고 자존심이 강한 그녀는 내게 연락조차 하지 않았다. 친딸인 내가 찾아가면 그 집안의 가족들로부터 질책을 받을까봐 밥 한 끼도 안 챙겨 주던 친어머니였다.

노인복지 전공을 하다 보니 그런 사례들이 너무도 많았다. 느지막한 시기에 돌연 독거노인이 되어 자식들에게 존중받지 못하고 버려지는 경우도 많이 있다. 나는 전공을 통하여 이해와 배려를 배우게 되었기에 그 마음까지 헤아려 보려 노력했다.

　친어머니가 돌아가시기 2년 전부터 연락이 잦아졌다. 사실 처음엔 귀찮고 부담스러웠다. 병원비 50만원 드리는 것도 사실 버거웠다. 그리고 나를 길러주신 어머니께 배신하는 것 같아 죄스러웠다. 그러나 홀로 있는 친어머니께 명절엔 어쩔 수 없이 가게 되었고 김장철엔 김장을 챙겨드리게 되었다. 그리고 처음으로 어버이날에 용돈과 선물, 꽃바구니를 사들고 찾아갔었다. 우리 모녀관계는 참으로 어색했다. 그동안 세월은 우리를 낯설고 당황스러운 관계로 만들었다.
　"좀 와주면 안 되겠니?" 노년의 친어머니가 부른다. 연휴라서 찾아가 뵈었다. 만들어놓은 간장게장을 주고 싶었다며 챙겨주신다. 몸도 아프고 허리도 안 좋은데 딸 먹으라고 시장을 봐서 간장게장을 담가 놓으신 것이다. 그 마음에 마음이 뭉클해진다. 자주 뵈니 새록새록 정도 생긴다.
　"엄마구나……."
　하는 마음이 들었다.

　내가 엄마를 만나러 가면 아이들이 그런다.
　"엄마…… 이해할 수 없어요. 그동안 할머니가 그렇게 엄마에게 차갑게 대했는데도 용서가 돼? 그럼…… 우리도 아는 척도 안하고 사는 친아빠를 용서해야 하는 거예요?"
　나는 말했다.
　"그럼…… 용서해야 마음이 행복하단다. 그렇지만 너희들 마음 닿는 대로 해도 돼. 너희를 세상에 존재하게 해준 아빠니까 언젠가는 용서하게 될 거야~ 나이 들면."

문득 "진정한 용서란 게 뭔가."하고 마음속으로 생각해 본다.

몇 년 전, 아들이 전체 1등을 했으니 아이들을 만나서 밥이라도 사주라고 아이들 아빠에게 연락을 했었다. 그랬더니 지금 자기 부인에게 허락을 받아야 한다며 전화를 끊었는데 아직도 허락을 못 받는지 연락이 없다. 그런 사람이니 20년을 아이들 양육비 하나 못 챙겨주고 지금 마누라 무서워하며 잘 살고 있는 거겠지.

그런데 한편으론 입장 바꿔 재혼한 가정을 생각해보면 아이들의 아빠가 잘하고 사는 것 같단 생각이 든다. 그래도 늦게나마 막둥이 대학 기숙사비를 주는 것도 감사하고 아빠 역할과 새엄마 역할을 하는 그네들이 대견하다.

나는 혹여 아이들이 아빠를 증오하게 될까봐 미움을 갖는 게 싫어서 그들을 잘 이해시키려고 노력해왔다. 그나마 애들 아빠가 공무원으로서 자리 잡고 잘 사는 게 오히려 우리 아이들에게 안정적인지도 모른다. 만약에 술주정뱅이에 아이들과 나를 괴롭히는 존재였다면 얼마나 불행한 관계였을까. 그보다는 현재 그의 조건이 훌륭하므로 그 점에 감사하고 나는 내가 낳은 아이들 관리를 잘하는 엄마 역할에 충실하기로 했다.

그렇게 마음을 비우고 나니 타인들을 향한 미움도, 원망도 사라지고 없어졌다. 그리고 나를 존재케 해준 친어머니의 노후를 보며, 비록 길러주신 어머니처럼 손을 잡는다거나 하는 신체적인 접촉이 이뤄지지는 않았지만 적어도 자식으로서 내 할 도리는 해야겠다는 생각이 가득했다. 어쩔 수 없는 혈연의 감정이리라 생각한다.

　그래도 자식이라고 게장을 담아 주시는 마음이 고마워 50여 년 만에 처음으로 감사함을 느꼈었다. 그리고 언젠가는 편안한 마음으로 받아들일 그날이 오겠지. 작은 바람이 있다면 그때까지 많이 아프지 말고 계시다가 떠나셨음 했다.

　그 후 2년 뒤 친어머니는 나와 내 아이들 앞에서 "사랑한다."라는 단어는 끝까지 쓰지 않으시고 "미안하다."란 말씀만 하신 채 평안히 눈을 감으셨다. 그렇게 보내드릴 수 있는 기회를 주신 친어머니께 감사를 드리고 싶다. 만약 친어머니를 용서할 기회조차 없었더라면 나는 지금도 아파하고 시려할 것이다.

　세상살이 역시 그런 듯하다. 타인에게 미움과 욕망이 있다면 시간이 지나보면 덧없음을 깨닫게 될 것이다. 과욕은 원망과 험담과 증오와 참패만 얻게 된다.

　내게는 자랑스러운 선배님들이 있고 진솔한 친구들이 있고 사랑하는 이웃들이 가득하기에 행복한 세상이 아닌가 싶다.
　'미움은 증오의 자식을 낳고, 행복은 즐거움의 자식을 낳는다.'
　일본의 기업인 마쓰시다 총수께서 말하셨다.

　내가 하늘로부터 받은 은혜 세 가지가 있다.
　바로 가난한 것, 허약한 것, 못 배운 것이다.
　첫째, 가난하므로 부지런히 일해서 돈 버는 법을 깨달았고

둘째, 허약하므로 신체를 단련하여 건강을 지키는 법을 깨달았고

셋째, 못 배웠기에 평생 배우며 사는 지혜를 깨달았으니

이것이야말로 하늘이 내게 준 은혜가 아니고 무엇이겠는가.

그분의 말씀대로 내 삶의 시초가 힘들고 불행했다 해서 좌절하기보다는 긍정과 사랑과 나눔으로 실천하며 살기를 바랐고 내 아이들 역시 반듯하게 사회의 구성원으로 성실하게 살기 바라는 소박한 욕심으로 살아갈 뿐이다.

큰 재물이 무엇이 필요하겠는가?

점점 나이가 들며 깨닫는 게 있다면

부부간의 화목과 가족의 평화가 가장 큰 재산이며

부부간의 사랑이 엄청난 대대손손 재물이며

그로부터 성장된 자녀들은 튼튼한 뿌리를 내려 사회의 기강을 바로 잡아줄 것이라는 믿음이다.

사랑은 가족구성원에서 시작되며 사랑은 가족 속에서 뿌리내려진다.

비록 나는 실패를 하였지만, 체험을 통하여 많은 이들에게 말할 수 있다. 부부간의 불평불만은 대화로서 반드시 풀어내고 서로 배려하고 장점만 보는 시야를 넓혀 화해하고 행복을 찾아내라고! 또한 현실의 재물은 한순간에 사라질 수 있어도 가족 간의 깊은 신뢰의 재물은 절대 무너지지 않음을 명심하라고 전하고 싶다.

낳아주신 어머니와 길러주신 어머니 사이에서 겪은 아픈 시간들과 참혹하도록 외로웠던 시간들을 대대손손 세습시키고 싶은 부모가 어디 있을까? 내 아이들과 이 사회의 자녀들은 행복한 가정 속에서 따스한 인성과

창의력을 키울 수 있는 재량을 발휘해야 한다고 외치고 싶다.

어른들로 인하여 상처받는 영혼들이 많아서는 안 되기에 나는 오늘도 "건강한 사회 행복한 가정 만들기" 고령화 사회의 "미래가족을 준비하자"를 외쳐대며 행복가정복지사 배출에 심혈을 기울이고 있는 것이다.

내가 단체를 창시하고 민간자격증을 만들어냈듯이 행복가정복지사란 가족복지 지도자과정을 통하여 대한민국 국민들의 직접체험 행복이 체감되길 간절히 원한다.

고향 가는 길

 2012년 가을이었다.

유난히 가을을 타던 나는 추석명절에 딱히 갈 곳이 없었던 터라 고향을 향해 가기로 하였다. 나는 어릴 적부터 어디론가 훌쩍 여행을 떠나는 것을 무척 좋아했다.

교통체증 때문에 대중교통을 이용하려고 인천터미널에서 버스를 예매하고 기다리고 있는데 인천터미널 부근에 명절이라 오갈 곳 없는 외국인 근로자들이 가득했다.

그 모습을 마음 짠하게 지켜보던 나는 커피전문점으로 들어왔다. 4시 45분 출발이라 아직 시간이 남아 있었다.

도착하고 나서 나의 계획은 저녁에 선배들과 한잔하고 외가 쪽으로 가는 것이었다.

버스가 오길 기다리며 창밖을 바라보고 있자니 점심때 있었던 일이 떠올랐다. 딸과 함께 삼겹살을 구워먹으며 도란도란 담소를 나누고 집안에 있던 손빨래를 하고 널어놓은 빨래를 개려고 했더니 딸래미가,

"어무이! 잔소리 그만하고 얼릉 고향이나 다녀오셔!" 하고 나를 툭 밀어내는 게 아닌가. 고얀 것! 제 어미 치맛자락 붙잡고 따라다닐 때가 엊그제구만 이젠 다 컸다고 안 따라 다닌단다. 하하! 명절 내도록 집안에만 있는 엄마가 짐짝 같았나 보다.

인천터미널 커피전문점의 한 귀퉁이에 앉아 어디론가 분주하게 오가는 수많은 이들을 바라본다. 따끈한 커피 한 잔에 오늘의 추억을 심는다.

나만의 공간! 나만의 생각! 나만의 여유! 나만의 자유!

행복은 멀리 있지 않다. 내겐 고향 가는 길이 바로 행복이다. 그곳엔 내 아버지와 내 어머니가 계신다. 아주 오래전에 떠나셨어도 그분들의 흔적이 스며든 산소가 있어 마냥 그립다.

어제 다녀온 친어머니 납골당은 친어머니의 젊은 날 모습과 그녀의 새로운 가족들이 낯설게 느껴져 나로서는 적응이 어려웠다.

다시 길을 떠나 내 아버지가 계신 곳으로 간다. 살아서 다시 돌아오실 것 같은 그 푸릇푸릇한 잔디를 바라본다. 아무리 자주 가도 또 가고 싶은 고향의 깊은 향취!

아버지가 많이 그립습니다. 사랑해요. 사랑해요. 아버지!

나를 많이 사랑해주셨던 유일한 분!

고향에 도착하니 저녁 7시였다. 선배가 운영하는 전통주점으로 갔다. 나순자 선배가 반갑게 맞이해준다. 쥐띠 선배인데 어찌하다 친구처럼 지

내게 된 사이였다. 외적으로나 심적으로나 그녀의 아름다움은 십년 전과 다를 바가 없다.

정찬호 선배가 뒤이어 들어왔다. 우리는 안주를 푸짐하게 시킨 뒤 막걸리 두 주전자를 재빠르게 마셨다. 역시 고향막걸리의 맛은 최고다.

안성기 선배가 다른 곳에서 호출이 왔다. 우리는 택시를 타고 오향리로 이동을 했다. 부른 곳은 춘천닭갈비집이다. 그곳엔 3년 선배인 유기선 선배님도 계셨다. 한 테이블에 4인이 동석하여 소주를 마셨다. 분위기가 고조되며 술기운은 점점 오르고 한마당에서 뛰어놀던 유년기적 이야기와 쌀쌀맞고 도도했던 나의 청소년기 추억담이 폭로하듯 이어졌다. 차갑고 다가가기 어려웠다는 주위 분들의 농담 섞인 평판에 내 어린 시절의 자아를 되돌아보게 되었다. 폭넓게 친구들을 사귀었지만 마음을 깊게 내주지 않았던 까닭일 것이다. 그것은 냉기류가 가득했던 집안분위기 때문에 늘 눈치를 보며 성장했던 탓이기도 하고 속내를 털어버리지 못하고 거짓으로 자아를 꾸미며 애써 당당한 척 표현했던 영향도 컸다. 그 당당한 척하던 자존감 지키기가 젊은 날의 나를 더욱더 힘들게 만들었는지 모른다.

지금 실천하는 툭툭 털고 사는 방법을 그때 미리 알았더라면 훨씬 부드럽게 인생을 살았을 텐데 아쉬움이 남는 밤이었다.

추석이 되면 늘 고향에 대한 그리움으로 가득 찬다.

음성출장길

음성으로 향했다. 음성군청에 볼일도 있고 여의도 국회헌 정기념관에서 치를 행사에 사전면담 건도 있어 겸사겸사 내려가는 중이다. 중간에 장호원서 음성에 가는 버스를 놓치는 바람에 충주행 버스를 타고 생극에서 내렸다.

대중교통이 열악해서 시간 분배가 잘 이루어지지 않아 최악의 상황을 겪었지만 짬을 내어 생극초등학교에 근무하시는 이정규 교장선생님을 찾아뵈었다. 보자마자 어찌나 반갑던지 앉자마자 선생님과 지난 40년간의 학교 이야기를 나누었고 이장을 하시는 조기연 선배님도 오셔서 용달차에 나를 태워 음성군청까지 태워다 주셨다.

그곳에서 음성군의 이필용 군수님과 만나 내년 행사계획과 여러 가지 사안들을 미팅하였다. 이군수님은 반기문 유엔사무총장님의 관련 사업에 대한 열정을 갖고 계셨으며 서울 동대문구와도 자매결연을 맺고 계시다고 하셨다. 또한 지난번 구민의 날도 동대문구에 다녀가셨다고 한다. 항상 묵묵히 지역발전을 위한 노력으로 열의를 보이시는 모습이 고향군민으로서 참으로 자랑스럽다.

우리 단체는 반기문 유엔사무총장님의 뜻을 이어 다문화가정 아이들에게 정신적으로나 현실적으로 공감을 느낄 수 있는 프로그램을 만들어 반기문 유엔사무총장님의 정신을 잇는데 노력하겠다고 밝혔다.

새벽을 가로지르며

새벽 6시 반에 전철을 탔다. 7시 반부터 세종포럼에서 열리는 박원순 서울시장의 조찬포럼에 참석하기 위해서 명동에 있는 세종호텔로 향하는 길이다.

이른 시간임에도 전철은 만석이었다. 서서 가는 사람들이 즐비한 걸 보면 모두들 참 부지런하다는 생각이 든다. 대한민국 국민들은 근면성실한 민족임에 틀림없다.

오늘 포럼에서는 2세 이하 아동들을 위한 무상교육 철회반대를 질의하라고 누군가 당부했는데 과연 내게 발언할 기회가 주어질지 모르겠다. 참석자들 중엔 워낙 저명한 인사들이 많으셔서 세종대학교 동문석은 고요한 분위기 속에서 경청하거나 침묵을 지키는 모습이었다. 총장과 재단이사장들의 대거 출몰로 인해 마치 강제소집으로 민방위훈련을 받는 대원

들처럼 조는 사람이 있는가하면 대체적으로 시간 때우기에 급급한 눈치들이다. 아니면 정말로 젊잖게 경청하고 있을지도 모르지만.

여하튼 결론적으로 오늘의 논제에 질의하는 사람은 없었다.

조찬포럼을 마치고 나면 오늘은 외출을 금하고 밀린 사무실 일을 봐야겠다. 공문도 만들어야하고 어디서부터 손을 대야할지 난감하다.

그런데다 정신없이 외부로만 다녔던 탓에 몸살기가 아직까지 남아 있다. 연휴엔 딸아이랑 영화를 보기로 약속을 했는데 쉬는 기간 동안에는 남은 일을 쉬엄쉬엄 하면서 휴식을 취해야겠다.

아이들 대학생활이야기

어제 야근을 하고 있는데 막둥이로부터 카카오톡이 왔다. 과제물을 출력해 오라는 문자였다. 막둥이는 집에 프린터가 고장이 난 탓에 늘 사무실에서 과제를 출력해 간다. 언제 우리 막내가 대학생이 되었나 싶을 만치 과제물 내용을 보니 참 기특하다는 생각이 든다. 4년 전에 아들이 수능시험을 치루고 1차 성적우수선발로 연세대에 합격했을 때 학교를 방문한 나는 앞으로 내 아들이 다닐 곳이라는 자부심에 행복해했다. 그러나 사람의 마음이란 간사한지라 아들이 최종적으로 서울대에 합격하고 나서는 서울대 구내식당에 가서 밥을 사먹으며 캠퍼스를 돌아보니 관악산 줄기에 자리한 서울대가 그렇게도 멋져 보일 수 없었다. 그 시기의 나는 당당한 본인의 입지 탓인지 아니면 아들이 과외알바로 스스로 등록금을 해결한 영향 탓인지 아들의 눈치를 살피는 엄마가 되어가고 있었다. 겉으로는 이다지도 훌륭한 아들이지만 그에게도 단점은 존재한다.

바로 아침마다 고래고래 소리를 질러 깨워야 한다는 것.

아무튼 아들이 3학년이 되자 서울대를 입학한 신선함도 사라지고 아들 눈치도 안 보게 되어 다시금 큰 소리 뻥뻥치는 엄마의 목소리를 회복하였다.

엄마가 기운이 빠져 있으면 의아하게 생각할 터라 차라리 목소리를 키우는 것이 아이들에겐 오히려 안정감이 들지 모른다.막둥이는 장호원 근교에 있는 음성군 감곡의 극동대학교 영상제작학과에 입학했다.

그 무렵 뮤지컬 "광화문연가"를 몇 번씩 심취하여 보더니 자신이 무대에 오르기보다는 배우를 만들어내고 작품을 만들어내고 싶다고 내게 말했다. 원래 본인이 좋아했고 하고 싶어 하던 일이라 열정 하나는 대단했다.

하루 종일 카메라를 만지작거리며 과제물을 하느라 정신없이 학부를 보낸 막내는 책임감과 도전정신이 강한 아이다. 여중 · 여고 시절에도 늘 부지런했고 3년 동안 선도부를 맡기도 했다. 고등학교 시절엔 교복길이가 전교에서 제일 길었던 아이로도 통했다. 그 정도로 한 가지에 빠져 들면 다른 부수적인 일엔 관심도 없었던 아이여서 학교에서 평소에 좋아했던 그림 그리기 상이나 글쓰기 상을 많이 받았는데 수학과 영어 쪽엔 소질이 없어 다소 등급이 낮은 편에 속했다. 그래도 다행인 것은 심성이 바르고 단정하고 긍정적인 소양을 갖췄다는 것이다.반면 아들은 두뇌가 명석해 고등학교 시절, 전국연합학력평가에서 학력우수상을 매월 받아 왔고 재학 중인 내내 각종 수상소식이 날아들었다.

아들은 이과 과목에서 우수한 성적을 나타냈고 막내는 예능적인 소질이 발달해 고등학교 때 전국고등학교 UCC 부분에서 최우수상을 받았다. 이렇듯 두 아이의 적성과 재능은 확연히 구분되었다. 그래서인지 둘의 성격이 부딪히는 일도 잦았다.

막내가 내일 MT를 간다며 내 앞에서 친구들과 연습한 춤을 선보인다. 보는데 피식피식 웃음이 새어나왔다. 딸이 부끄러울까봐 긴말은 안했지만 하는 짓이 귀엽고 앙증맞았다. 남학생들 눈에 띄는 게 싫고 불편하다고 털털하게 추리닝에 두꺼운 안경을 쓰고 학교에 다니는 아이!

나는 딸아이가 MT 때 입을 단체복인 흰색 블라우스를 빨아서 오늘 아침에 곱게 다려 놓았다. 과제물을 프린트하면서 엄마로서 대학생이 된 아이들을 챙겨 주니 꼭 초등학교 갓 입학한 자식을 둔 학부모가 된 것 같다. 그야말로 신선하다. 내 딸 연우의 방에선 꽃향기가 흐르고 아들의 방에선 퀴퀴한 사내냄새가 칙칙하게 풍긴다. 아들과 딸은 확연히 비교가 된다. 딸은 부드러운 감성을 키울 수 있는 과목들을 좋아하고 잘하는데 흡사 내 어린 시절을 보는 듯하다.

아이들은 애기 때 부모의 이혼으로 결손가정에서 자랐다. 아이들의 유년기는 늘 혼자였다. 경제적으로 지원을 받지 못했던 까닭에 가장으로 사회를 살아가는 엄마의 일터는 늘 바빴다. 나는 아이들에게 한 약속을 이행하기 위해 몸이 부서져라 일을 했고 새 아파트를 사는데 무려 1년 밖에 걸리지 않았다.

아이들과의 공감은 엄마와 아이들의 수다시간에 이루어진다. 우리는 모여 앉으면 그야말로 시끌벅적하다. 하루 있었던 일들을 저마다 이야기하며 수다스럽게 떠든다. 미안한 얘기지만 간혹 내가 스트레스가 심해 술을 마시고 들어와 애들 앞에서 울 때가 있는데 그럴 때마다 아들 녀석이 내 어깨를 두드려 주며 아들이자 연인이 되어준다. 그런데 이상하게도 자식들 중에서는 막내가 제일 예쁘다. 그것은 엄마와 소통하는 마음의 깊이가 따스하고 정감이 가서 그런 것일까. 막내는 내게 있어 심성이 부드럽고 활짝 핀 꽃 같은 아이다.

새벽에 일어나서 막내의 방을 열어 보니 가방을 챙기고 있었다. 새벽녘의 어둠을 헤치고 학교에 가는 막내의 모습을 상상하니 마음이 짠했다. 대학교에서 무언가 인생의 큰 전환점이 될 획기적인 결과를 얻기 위해서 끊임없이 노력할 것을 알기에 더 마음이 애틋해진다. 총장님의 큰 사랑 앞에 아이에게 말한다.

극동을 빛내는 인물이 되거라!

역곡 언니

은숙 언니를 처음 만난 건 1996년이었다. 이혼 후 아이를 데리고 무작정 정착한 곳이 바로 경기도 부천이었는데 부천역 앞에서 하마 분식집을 하던 언니는 다른 음식점과 다르게 토속적인 맛을 내는데 일품이라 내 입맛에 딱 맞았고 얼마 안 가 단골이 되었다. 당시 막내가 두 살이었는데 친하게 지내던 은숙 언니가 식당을 그만두고 직장 일을 하는 나의 형편을 배려해주어 세 살 된 막둥이를 맡아주었다. 언니의 크나큰 도움으로 나는 지방을 다니며 아파트대물사업과 지방토지거래사업을 벌였다. 비록 훗날 다 털어버리고 말았지만 당시 시세로 보면 40억 가량의 엄청난 돈을 벌어들였다. 막둥이가 초등학교에 다닐 때에도 은숙 언니는 된장과 고추장을 담가 주곤 했었다. 문득 그게 떠올라 오늘 봄비를 맞으며 역곡역 부근에 있는 언니 집에 들렀다. 오랜만에 언니네 집에서 오손도손 이야기를 나누며 저녁식사 겸 술을 한 잔 하는데 언니가 부스럭부스럭

짐을 챙기더니 갖가지 밑반찬과 쪽파, 김치 등을 넣어준다. 그것도 부족해보였는지 고추장까지 바리바리 챙겨 담는 언니의 모습에 가슴속이 뭉클해졌다. 형부도 벌써 회갑을 바라본다. 마흔 둘에 만난 형부가 이젠 초로의 노인이 된 것이다. 버스를 타고 집에 가는 길에 살랑살랑 내리는 봄비가 너무나도 싱그럽게 느껴졌다. 언니, 고맙네요! 그때 세 살배기 연우가 벌써 이십 대라우.

부활과 나의 신앙

유년기 때 우리 집 환경은 엄격하고 근엄하며 침묵과 두려움의 무게에 짓눌려 있었다. 고향에서 성공한 부농이었던 아버지는 약국을 운영하셨고 할아버지는 방앗간을 하셨다. 집에는 늘 일하는 머슴들이 북적대었고 할머니는 대하소설 토지 속의 서희할머니보다 더 엄격하고 두려운 존재여서 내겐 늘 무서워 피하고 싶은 어른이셨다. 함부로 웃어서도 안 되고 놀고 있어도 안 되며 하다못해 마루 걸레질이라도 열심히 해서 예쁨을 받아야 했다.

1896년생이신 할머니께서는 예배당을 다니셨는데 언니가 수녀가 되고 (1942년생이시니 내가 갓난이 때 수녀가 되셨다)나서 성당을 나가셨다고 한다. 어릴 적엔 뜻도 모르고 성당에 나가 보니 미사 역시 근엄했고 첫 영성체도 당시 가톨릭에서 운영하는 초등학교에 다닐 때 단체로 받았다. 그러나 오래된 학교가 붕괴위험으로 인해 일반학교로 4학년 때 편입되어 단체로

옮겨 갔고 중학생이 되어서야 다시 가톨릭 학교에 다닐 수 있었다. 5월이면 교내에 그득한 장미축제가 열렸고 성모의 달이 되면 학교는 성당행사로 눈코 뜰 새 없이 바빴다. 당시의 초등학교와 중학교 때 경험했던 성당의 축제와 성모의 밤, 시 낭송 등이 꽃과 시와 글을 좋아하던 사춘기소녀로 머물게 했던 원동력이 된 것이다.중학교 졸업 후 나는 일반 고등학교에 진학했고 1979년 박정희대통령 서거 계엄령기간에 할머니가 돌아가신 뒤로 무신론자가 되었다. 그 이유는 선택의 여지도 없이 일요일이면 어김없이 성당에 내쫓기듯 다녀야 했던 그 억압이 싫었기 때문이다. 엄숙함의 표상인 할머니가 돌아가시면서 나는 비로소 자유를 얻게 된 것이었다.스무 살 때 청주에서 우체국에 다니고 있을 무렵의 일이다. 귀갓길에 어느 남성이 쫓아오는 느낌이 들어 두려운 나머지 근처 길가에 있던 소방서로 들어갔다. 그 당시 박형규라는 소방관이 근무 중이었는데 자초지종을 설명하고 나서 마음이 놓이게 되자 자연스럽게 종교에 관한 이야기로 흘러갔다. 그는 그때 나를 순복음교회로 인도했다.순복음교회를 가보니 신이 났다. 성가를 부르는 방식도 경쾌했고 교인들끼리 소통하는 것도 즐거웠다. 그렇게 3년 동안 열심히 다니면서 성가대도 하고 주일학교 선생도 하며 행복한 신앙생활을 하였다. 그런데 교회목사님과 장로님의 재산권 분쟁을 겪고 난 후 목사님이 사모와 이혼하고 다른 분과 재혼하는 과정을 모두 지켜본 나로서는 회의가 들 수밖에 없었다. 한마디로 가톨릭에서는 있을 수 없는 일이었던 것이다. 결국 나는 다시 무신론자가 되었다.

　이후로 내 인생은 고난의 연속이었다. 요즘 사회적으로 대두되는 가정폭력을 나는 일찌감치 겪어야 했다. 아이아빠가 술에 취해 들어온 날이면 아무런 이유 없이 늘 매질을 당해야 했고 부엌칼을 감춘 채 그의 눈을 피해 있어야 했다. 이십대 중반의 어린 나이로 견디기엔 죽고 싶을 만큼 고통스런 시간들이었다. 그는 그렇게 제풀에 지쳐 잠이 들었다가 깨고 나면 아무 일도 없었던 듯 멀쩡한 사람으로 돌아와 연신 미안하다고 했다.그때 내가 찾을 수 있는 돌파구는 오로지 무속신앙밖에 없었다. 큰아들이 태어나 힘겹게 살던 시기라 나는 그곳으로 쉽게 빠져들었고 귀신의 힘을 빌려서라도 처절하게 비뚤어진 내 인생을 되찾고 싶었다.

다행히도 천신만고 끝에 삼십 대 후반에는 재물이 쌓이기 시작했다. 자그마치 40억 가량을 벌게 되면서 내면에 교만이 자라났다. 인간적이었던 나의 모습은 온데간데없이 사라지고 교만한 여자의 얼굴과 이름이 내 자리를 대신하며 사람들을 무시하기 시작했다. 자아가 억눌렸던 삶을 산 탓에 돈이란 물질에 혹하여 사람들을 채찍질했던 것이다. 하지만 그런 것도 잠시, 어느 날의 작은 파산을 시작으로 전 재산을 잃었다. 채 1년이 걸리지 않았다. 2001년에 사회복지시설을 하겠다고 사놓았던 2만평의 땅까지 2003년도에 모두 팔아 빚을 정리하는데 써야 했고 겨우겨우 월세로 옮길 수 있었다. 딱 십일 년 전 자화상이 눈앞을 스쳤다! 그리고 마지막 땅을 팔아 사채업자에게 갚아야 하는 순간이 왔다. 눈물을 머금고 내가 사놓은 땅 앞에 지어진 집 화장실에 들렀는데 그곳에 십자가와 성모상이 나를 위로하듯 놓여 있었다. 보자마다 나도 모르게 성호를 긋고 인사를 드리는데 안주인인 아주머니께서 내 손을 잡고 기도하라고 기도방으로 안내하셨다. 지금은 그분을 성당어머니로 모시게 되었다. 염아가다 대모님이시다.

그 일이 있은 후 성당에 갔다. 26년을 냉담했으니 기도도 잘 모르겠고 그냥 성당 맨바닥에 털썩 주저앉아 통곡하며 울었는데 얼마나 크게 울었는지 모른다. 나중에 돌아가려 하자 수녀님께서는 더 많이 울 수 있는 만큼 실컷 주님 앞에서 전부 털어내고 가라고 말씀하셨다.

나는 그길로 바로 아이들 손을 잡고 성당에 가서 영세를 받았다. 그렇게 다시 내 신앙이 부활했고 종교적 쇼핑을 중지하고 내 안에 주님을 다시 모시니 공부에 뜻을 두게 되었고 검정고시를 치른 뒤 2004년에 사이버대학에 들어가서 2009년 2월에 학사를 마치고 다시 세종대 대학원에서 노인복지전공으로 석사를 마치게 되었다. 2010년부터 가족복지전문가로 칼럼을 쓰게 되었고 공부하며 관심을 갖게 된 가족분야, 그러니까 노인과 청소년, 위기가정에 나는 몰입하게 되었다.

하느님께서 내게 사명감을 주셨고 화수분이란 선물을 주셨다. 그것은 아무리 써도 마르지 않는 참된 보물이었다. 그리고 꼭 쓸 양만큼만 주셨다. 누군가에게 비굴하게 살지 않도록 당당함을 주셨고 올바른 길을 인도해주신 덕분에 사회적으로도 신용도가 좋아 은행에 가면 늘 A급 등급이 찍힌다. 예전에는 빚보증으로 유채동산 압류까지 들어온 적이 있었지만 지금은 5억이 넘는 돈도 2년 만에 거의 갚을 정도로 열심히 일할 수 있는 환경이 주어졌다. 지금은 어떤 경우에라도 빚보증은 서지 않는다. 수십억을 벌어봤고 좋은 집에도 살아봤으니 이젠 가난해도 부끄럽지 않고 부자들의 환경 또한 부럽지 않다.

불교의 가르침 역시 존중한다. 스님들과 대화를 나눠보고 큰 스님의 인덕을 느끼면서 종교인들의 훌륭한 인품을 통해 세상을 보는 눈이 생겼다.

세상을 누릴 수 있어 감사한 삶이었고 모든 것을 잃고 가난하게 살았어도 공부를 통해 사회운동을 건전하게 할 수 있어 감사했다. 이는 모두 신앙의 힘으로 일궈냈다고 생각한다.

부활절을 맞이하여 예수님의 부활은 우리 모두에게 있어 큰 희망과 사랑이 아닐까 생각해 본다.

남편의 은신처

상담 중에 어느 아내가 불만이 늘었다. 사유는 남편이 가정에 소홀하고 늘 은신처에만 있다는 것이었다. 그녀가 말한 은신처란 화실이었고 남편의 취미는 그림이었다.

어느 날 그 남편과 대화 할 시간이 있어 스리슬쩍 물어 보았다. 왜 집에 같이 있는 시간보다 작업실에 있는 시간을 더 많이 보내게 되었느냐고 말이다. 그의 대답은 간단명료했다. 아내와의 마찰과 충돌을 피하기 위해서라는 것이었다. 아내는 아이들을 키우는 게 힘들다는 이유로 툭하면 1년에 3번 만나는 시댁식구들의 흉을 보거나 불만을 토로하는데 남편은 이에 진절머리가 났다고 한다. 주말이면 처가에 일이 있어 모이자고 하는데 본인이 원치 않는 환경적 지배에 지쳐서 혼자만의 공간에 있고 싶었고 심지어 본가를 만나는 것도 두렵다고 했다. 문자로든 전화로든 직장 내에서 아내의 불만을 접할 때면 의욕이 상실된다며 그림을 그리며 자신에게 몰두할 때가 자아가 살아있는 기분이 든다고 말했다. 우리가 흔히 남의 부모처럼 대하는 시댁과 처가. 그 두 집안에는 숨은 논리가 있다. 흔히 시아버지는 며느리사랑이고, 장모님은 사위사랑이라 한다. 대립되거나 극적인 관계임에도 불구하고 가족 간에 애정이 깊을 때 쓰는 표현이자 단어들이다. 그러나 가장 적대시 하는 듯한 시어머니와 며느리, 그리고 장인과 사위의 관계는 어떻게 되는 걸까? 어머니의 깊은 자식사랑은 아들에게 있고 아버지의 깊은 자식사랑은 딸에게 있다.

즉 인간은 이성 간에 교감의 척도가 다르다. 깊은 애정의 관계에서 자녀가 배우자를 만나게 되면 극도의 인내가 필요한 긴장감이 생성되기 때문이다. 한마디로 딸이 데려온 예비사위에게 호감을 갖는 것은 예비장모이고 아들이 데려온 예비며느리에게 사랑의 하트를 뿅뿅 날리며 미소 짓는 분은 예비시아버님이란 소리다.

그렇게 신혼 때까지는 시댁에 잘 보이려 극진한 며느리들이 임신과 출산을 거듭하며기득권이 바뀌게 되고 언어적인 압력도 불사하며 나는 애들 두고 이혼해서 나갈 테니 너네들끼리 잘해봐라, 하는 식의 극명한 상처의 단어들이 오고간다. 비단 며느리만을 탓하는 게 아니다. 이 현상은 어찌 보면 당연한 것으로 현재의 3,40대 주부들의 부모세대인 6,70대들의 억눌린 남성지배층에 살던 어머니세대처럼 살지 않겠다는 단호한 딸들의 반란인 것이다. 반면에 6,70대 엄마세대들은 결국 모진 시집살이와 남편들의 가부장적인 삶의 틀 속에서 자유롭지 못하다가 자녀세대에서도 대접받지 못하는 군단이 되어버린 불운한 세대가 된 것이다. 시아버님에서 시아버지로, 시부로, 시월드로 호칭이 바뀌어버린 극도의 적대감 언어들이 인터넷 각종 포털사이트의 고민나눔방에 하루에도 수천 개씩 게시되고 있다. 반대로 장인어른, 장인, 처갓집 족속들이 되어버린 현 세태를 따져보자.

서로 간에 언어표현이 과격하다. 처음과 같으면 얼마나 좋을까? 딸들의 권리가 커지다 보니 딸들이 많은 집은 의기투합해서 웃음이 넘치고 아들이 많은 집은 서로 친정에 가려는 며느리들의 도피형 귀차니즘으로 갈등이 생겨 속을 끓인다.

아들과 딸의 차이와 입장을 한 번 생각해 보자. 친정 부모님이 편찮으시면 마음이 아프고 사랑한다는 진심이 담긴 위로의 글들을 쓴다. 그러나 시부모님이 편찮으시면 굉장한 효부인양 생색내기 글들이 올라온다. 1920년생인 우리 아버지가 1986년도에 작고하실 때 20여일을 앓아누워 대소변을 받아내야 했는데 올케언니는 손님처럼 다녀가며 아버님 고통을 생각해서라도 고생하지 마시고 일찍 돌아가셔야 할 텐데?라며 나를 서운하게 만들었다. 그것 역시 시누이와 며느리의 입장차이일 것이다. 억울한 누구의 며느리가 아닌 억울해 할 시어머니의 가족이 되려고 노력하는 지혜로운 아내로 살아가면 더욱 더 행복할 것이다. 시어른들은 연세가 드시면 단순해진다. 내 며느리라고 생각하기 때문에 관심이 큰 것뿐이다. 이런 관심이 부담스럽다면 그것 역시 가족이 되려 하는 자신의 마음이 거짓이라는 걸 증명한다. 거짓자아로 남편을 소유하려 하지 말고 진정 마음에서 우러나서 남편의 가족을, 또 아내의 가족을 진심으로 사랑하라.

여기 가장 간단한 방법이 있다. 바로 시어머니와 한 달에 한 번 사우나를 가는 것이다. 별거 아닌 것 같지만 둘 사이에 친밀도가 높아지고 경쟁심리가 낮아진다. 이처럼 작은 실천부터 실행하여 행복한 가정 만들기의 기초를 쌓아가는 건 어떨까. 물론 현재 시댁과 현명하고 지혜롭게 잘하고 계시는 며느님들은 최고입니다.

부부관계 상담

  3월 14일.

제목이 선정적이어서 자못 놀란 분도 계실 것이다. 하지만 부부관계에는 여러 가지 상황들이 함축되어 있다.

부부는 가정의 근원이다. 그러나 근원 위에는 원가족이 있다. 바로 배우자의 부모형제들이다. 각자의 원가족과 행복한 공감이 형성되어 있는 가정은 무한대로 행복한 가정이다. 즉 시월드가 아닌 내 부모, 처가가 아닌 내 부모로 섬기고 진심으로 생각한다면 부부간 갈등이 상당히 축소될 수 있다는 얘기다. 그런데 많은 여성들이 시댁을 타인의 집으로 혹은 타인의 부모로 생각하는 경우가 많다. 내 남편 내 아이들의 아빠라는 이름으로 한 사람의 인격을 구속하면 이미 그 사람의 내면은 탈출구를 찾으려고 필사적이 되고 만다. 예를 들어 출근하는 남편에게 시댁의 서운함을 말한다면 그 남편은 하루 일과를 망칠 것이며 일하는 내내 마음이 편치 않을 것이다. 자기 부모에 대한 험담을 이해할 남성들이 과연 몇이나 될까?

　상담을 하다 보니 부부관계에 대한 오해들이 가끔 있어 몇 자 적는다. 부부관계는 우선 사랑이 존재하고 신뢰가 존재해야 진정 행복한 가정의 관계라고 볼 수 있다. 여성들도 조기폐경이 오고 불감증으로 고생하는 사례들이 있다. 혹은 폐경이 아니더라도 성적인 불감증의 원인들을 들여다보면 배우자에게 언어문화 충돌로 겪은 정신적 충격들이 육체적 접촉을 거부하게 되는 경우도 크다. 특히 남성들은 외부요인의 심리적 영향이 크게 작용한다. 직장과 경제적인 외부활동에서 겪는 과도한 스트레스와 심리적 압박감과 부담감에서 오는 육체적 저하요인을 겪고 있다. 세간에 나온 약물치료도 사실 한시적이라고 한다. 발병요인은 정신건강에 있기 때문일 것이다.

　남편이 힘들 때 가정에서 아내들이 욕구불만을 표출하기보다는 서로 노력하고 극복하는 혜량을 베풀어야 하는데 아내들은 늘 한심한 눈초리로 잠자리가 잘 안 되는 남편들을 향해 집중불만을 토해낸다. 이는 자신의 가정을 위기의 가정으로 내모는 행동이다.

　최근에는 병든 남편을 두고 떠나는 아내들이 늘고 있다. 자식들 키우기도 힘들고 버거운데 남편이란 인생의 짐을 떠맡지 않으려 하기 때문이다. 그러니 그 짐은 고스란히 며느리가 극도로 싫어하며 평생불만을 갖고 있었던 시월드 몫이 되고 있는 실정이다. 요즘엔 병든 아내를 간병하는 순애보 남편들의 이야기가 방송에서 많이 비춰지고 있다. 시부모가 치매에 걸리면 당연히 요양원으로 모신다. 비용 역시 자식들끼리 분담하는 게 보통이다. 하지만 누가 더 많이 내느냐를 운운하며 분쟁이 생기게 되고 너희 부모니까 너희끼리 알아서 하라는 며느리들의 정 없는 외침이 들려온다. 쓸쓸한 이야기들이다.

부부관계는 철저한 신의와 배려 속에서 갖춰지고 이뤄져야 행복한 것이다. 자신은 어느 입장에서의 남편이고 아내인가?

상담을 해온 사람은 경제악화로 생활비 지원을 3개월 동안 못했더니 아이들 학원을 못 보내고 살림을 못하겠다며 아내가 집을 나갔다고 한다. 그럼 아이들은 학원을 다니게 될까? 분명 상담자는 굉장히 심각한 스트레스로 집안에서 짜증을 부렸을 것이고 성관계도 어려웠을 것이다. 아내들은 바로 그런 일로 사랑이 식었다고 판단하는 사례가 많다. 아내들이여.

남자는 무조건 작동하는 기계가 아니랍니다. 신혼 때는 남편이 너무 자주 원해서 짜증나고 귀찮다고 남편 험담을 하지만 그것은 아내에 대한 관심이고 축복입니다. 나이가 들어 마흔이 넘으면 아내들은 오히려 성에 눈을 뜨고 원하는 시기가 되고 남편들은 사업이니 직장이니 하며 사회와의 전쟁을 치르느라 스트레스가 급속히 쌓여가는 시기입니다. 그야말로 성의 형평성이 바뀌게 되는 거죠. 단순한 노동을 하거나 가사노동을 하는 사람들보다 사회생활을 하며 겪는 갈등과 충돌로 인한 스트레스는 엄청난 파괴력으로 다가옵니다. 그걸 이해하는 아내가 현명한 아내겠지요. 그런 뜻에서 오늘이 화이트데이라네요. 물론 제과업계에서 상술로 만든 날이라는 걸 모두 알고 있겠지만 오늘은 예쁜 초를 피워놓고 와인이나 포도주 한 잔 곁들이며 은은한 불빛 속에서 서로를 바라보는 아름다운 부부의 시간을 한번 가져보세요. 사랑하는 눈빛으로 서로의 교감을…… 그리고 아무리 화가 나도 시댁과 처가 흉은 안 보며 살도록 노력해요. 서로 가슴속 깊게 상처 낸 비수의 언어가 될 테니까요.

사랑의 목소리

지난 2월 13일 밤, 모르는 번호로 전화가 걸려왔다. 가슴 속 깊이 그리움으로 간직한 저의 사랑하고 보물 같은 애인에게서 근 3년 만에 온 전화였다.

"엄마!"

"누구세요?"

"재준이에요."

"……."

못다 한 속 이야기를 한 시간 반 동안 털어놓는 아들의 이야기에 우린 눈물과 울음소리로 한참을 흐느꼈다.

자신의 엄마라는 이유로 엄청난 핍박과 견디기 힘든 일들을 겪어야 하는 엄마의 모습을 지켜보며 혹여 엄마가 사회적 비난이 너무나도 힘겨워서 나쁜 생각을 할까봐 두렵고 무서웠다는 아들!

그간 나도 모르게 동생들과 계속 연락하고 지냈다는 나의 아이……. 자기들끼리 엄마를 걱정하는 마음에 동생들도 엄마 속을 안 썩이고 청소년기를 보낸 거란 걸 알게 되었다. 나만 몰랐다. 속 깊은 그 녀석의 마음을 모른 채 바보같이 연락이 없어 속병만 끙끙 앓았던 것이다.

한편으론 그로 인한 아픔으로 사회복지를 더 열심히 이 악물고 하게 된 동기부여도 있었지만 아이들은 엄마의 자립적인 환경을 만들어주는 촉매제 역할을 톡톡히 해주었다.

지난 대통령 취임식에서 청와대에서 노래를 불렀던 아들이 얼마나 자랑스러웠는지 모른다. 그 아이가 말한다.

"훗날 우리 모두가 웃고 이야기 할 수 있는 날이 올 거야~ 이제 엄마에게 존댓말 못하겠어. 반말할래~"

그 말에 우리 모자는 빵! 하고 웃었다.

자신이 도와줄 수는 없지만 엄마 스스로 꼭 해내라고 격려해주는 아들의 목소리에 힘이 났다. 지금 계신 부모님께 잘하고 형제와도 우애 있게 지내고 사회에서도 인정받는 아들이 되어 앞으로도 인생의 꽃이 활짝 피길 간절히 기원한다.

내겐 티 없이 맑고 소중한 아이기에.

우리 아이들 덕분에 (사)대한민국가족지킴이가 탄생한 것이다. 대한민국가족지킴이는 가족해체 예방사업을 주목적으로 하고 있으며 공격적이고 사회적인 논리보다는 긍정적인 사회수용을 바탕으로 설립되었다. 우리는 따스한 가치관을 확립해 개인과 국가의 성장을 위해 발 벗고 뛰고 있다. 그 발원지는 아이들이었고 아이들은 내게 교과서 같은 존재였으며 욕심 없이 순수하게 살아갈 수 있는 인생의 목표점이기도 했다.

세상을 살면서 누구를 이토록 피 끓듯 사랑할 수 있겠는가?

자녀들에겐 우리 부모의 사랑이 세습되어질 것이고 나는 존중 받는 이름을 남기는 사람이 되어 가족의 가치를 믿고 행하며 마지막까지 가족복지전문가로서 혼신을 다하고 삶을 정리하고 싶다.

증거기반 사회복지실천에 대한 이해와
가족지킴이프로그램의 접목

오늘날 사회복지실천의 전문성을 높여야 한다는 것은 사회복지실천에서는 중대한 과제이다. 사회복지가 헌신과 열정만 가지면 누구나 할 수 있는, 전문성이 꼭 필요한 일은 아니라는 사회적 통념이 만연해 있는 가운데, 사회복지실천의 전문화는 사회복지사라는 직종의 사회적 위상을 높이고, 클라이언트에 대한 서비스의 질을 높이는 데에 절대적으로 필요하기 때문이다. 사회복지전문직이 외면당하고 있는 주요 과제중의 하나는 사회복지서비스의 효과성을 확보하고 또 이를 입증해 보이는 것이다. 세계에서 가장 사회복지실천이 발전되었다고 하는 미국에서도 끊임없이 전문성에 대한 논란이 일고 있다. 사실 전문직과 비전문직 사이에 절대적으로 명확한 구별을 짓는다는 것은 불가능하지만, 그럼에도 불구하고 전문직에는 뭔가 특별한 것이 있다. 우리나라에서 사회복지실천의 전문화라고 할 때 증거기반실천이론이 전문직으로 인정받을 수 있는 좋은 방법이며, 실제로 임상현장에서 필수적으로 필요한 접근방법이다.

이에 필자는 우리나라 사회복지계에서 널리 알려지지 않은 증거기반 사회복지실천의 특성을 살펴보고 우리나라에서의 적용가능성을 탐색하려고 한다. 증거기반 실천이란 입수 가능한 모든 과학적 조사연구를 평가하고 응용하여 사회복지실천의 결과를 가장 좋게 할 수 있는 가능성이 높은 실천방법을 선택하여 적용하는 것이다.

자세하게 살펴보면 첫 번째 증거기반실천(Evidence-Based Practice, EBP)이란? 입수 가능한 모든 과학적 조사연구를 평가하고 응용하여 사회복지실천의 결과를 가장 좋게 할 수 있는 가능성 높은 실천 방법을 선택하여 적용하는 것이고 두 번째, 증거기반실천이라는 용어는 서구 의학분야에서 처음 사용된 것으로 현재는 임상심리학, 사회복지학을 비롯하여 여러 학문에 걸쳐서 광범위하게 사용하고 세 번째는 증거기반실천의 확산이유로 미국 관리의료체계-서비스비용을 줄이면서 질 높은 서비스 제공하였으며 사회복지실천 및 지식의 발전에 기여하는 바가 크다.

의학분야 정의는 "개별환자의 진료와 관련된 의사결정을 함에 있어서 최근의 가장 좋은 증거를 세심하고 명확하여, 현명하게 적용하는 것이며, 최고의 연구근거를 임상적 숙련도와 환자의 가치에 통합시키는 것이다."

사회복지분야의 정의로는

"서비스사용자와 보호자의 복지에 관한 의사결정에 있어서 최근의 가장 좋은 증거를 세심하고, 명확하며, 현명하게 적용하는 것이다. 표적 CT집단 성원에 대한 서비스의 선택 및 적용에 관하여 통합적이고 집합적인 과정의 일차적인 부분으로 실천의 효과성에 관한 증거를 주의 깊게 체계적으로 확인, 분석, 평가, 합성하는 것이며, 증거에 기초한 의사결정과정은 개인적 및 문화적 가치와 소비자의 판단뿐만 아니라 전문적 윤리와 경험을 포함한다."

우선 (사)대한민국 가족지킴이에서는 지역 내 아동들을 대상으로 블록, 점토를 활용하여 증거기반실천이론에 접목하고자한다. 다음과 같은 절차에 의해서 진행한다.

〈 증거기반실천의 절차〉

- 1단계: 답변 가능한 질문 만들기

  예비적인 검색계획을 세우는 것으로 프로그램의 효과성, 예방적 효과가 높은 접근법, 타당하고 신뢰할만한 사정도구 및, 평가도구, 비용효율성에 관한 것 등

- 2단계: 질문에 대한 답이 되는 증거 찾기

  최선의 증거를 최대한 효율적으로 찾는다. 오늘날 World Wide Web이나 전자DB의 발달로 최신정보를 찾는 것이 이전보다 훨씬 용이해졌는데, 자신이 찾는 질문에 대한 답을 찾을 수 있는 DB나 인터넷 사이트를 알아야한다.

- 3단계: 수집된 증거에 대해 평가하기

  타당성, 효과의 정도, 적용가능성에 대해 비판적으로 평가한다. 조직화된 개념적 틀과 평가하는 절차를 갖고 있어야 한다.

- 4단계: 실천에 적용하기

  원조전문가의 전문성, 기관의 상황, 클라이언트의 특성 및 선호도를 동시에 포함해서 적용해야 한다.

- 5단계: 실행에 대해 평가하기

  처음에 제기했던 질문에서 출발하여 관련자료를 찾고, 사회복지사의 일상적인 활동의 하나가 되려면 평가를 위한 자료수집방법이 아

주 정교하거나 시간이 많이 소요될 필요가 없으며, 효과성 평가의 경우 단일사례설계나 사전-사후 비교연구와 같은 방법을 활용할 수 있다.

증거기반실천의 비판견해도 있으나 증거, 윤리, 그리고 실제적용에 관한 관심을 통합할 수 있는 체계적인 접근으로 효과적이며 효율적이고 윤리적인 서비스를 제공할 수 있는 장점이 있으므로 우리나라의 사회복지실천현장에서도 적극적으로 적용해볼 충분한 가치가 있다고 본다.

사회복지실천은 개인과 환경의 상호작용에 개입하는 것이 본질이다. 그러나 현실적으로는 사회복지사의 성향, 기관 등에 따라 많은 차이를 보인다. 사회복지실천의 전문성을 향상시키기 위하여서는 치료적 기법 향상에만 치중해서는 안 되며, 환경에 개입하는 간접적 개입방법 역시 중요하다. 간접적 개입 역시 직접적 개입과 함께 균형 있게 발전하여야 한다. 직접적 개입(주로 치료, 그리고 교육도 포함됨)과 함께 간접적 개입(증거기반, 사례관리, 옹호, 자원연결, 사회행동, 지역사회 운동 등)의 전문성 제고를 위한 방안이 필요하다. (사)대한민국가족지킴이에서는 직접, 간접적인 개입을 위해서 전 국민 모두가 행복한 가정을 영유하도록 돕는데 목적을 두고 있다.

현대의 다양한 가정문제를 살펴보면 가족복지 역시 사례관리이후 증거기반실천이 절대적으로 필요하다. 행복가정복지사들의 연구와 프로그램 개발진행으로 미래가족을 준비하기 위한 방안이 진행되고 있다.

| 참고문헌 |

- 공계순, 서인해. 2002, "증거기반실천모델의 실제와 한국에서의 적용가 능성", 한국사회복지사협회.
- 박현선. 2001, "사회복지실천의 탈계층화: 정체성의 확립인가? 정체성 의 위기인가?에 대한 토론문", 비판사회복지학회 창립학술대회 자료집.
- Fisher. J, 1973, Is casework effective? A review. Social Work, 18, 5-15.
- Popple. P, 1985, The Social Work Profession: a Reconceptualization. Social Service Review. December.